suhrkamp taschenbuch 4421

W0092318

Andrzej Stasiuk, berühmt für seine Kunst, untergehende Orte und verschwindende Landschaften zu beschreiben, erzählt vier Geschichten über Abschied und Tod. Da ist Augustyn, der Schriftstellerkollege, der das Gedächtnis verloren hat und gelähmt im Pflegeheim liegt. Oder Olek, der vertraute Jugendfreund, der auf einer Reise nach Budapest damit herausrückt, dass er bald sterben wird. Ihr Sterben frisst sich ins Leben hinein. Der Tod trägt nicht mehr, wie noch in der Kindheit, das gutmütige Gesicht der Großmutter, die einfach hinüberging in eine andere Wirklichkeit. Verstörend ist seine Präsenz: dass er Menschen und auch Tiere im Griff hat, die noch warm und vertraut neben einem leben. Stasiuks Erzähler schaut genau hin, konfrontiert sich mutig mit einer Erfahrung, die kaum jemandem erspart bleibt.

Andrzej Stasiuk, 1960 geboren, lebt seit 1986 in den Beskiden und bereist seit Jahren den europäischen Südosten, neuerdings auch Russland und die Mongolei. Sein vielfach ausgezeichnetes Werk wird in 25 Sprachen übersetzt. Zuletzt erschienen *Tagebuch danach geschrieben* (es 2654); *Hinter der Blechwand* (st 4405).

Andrzej Stasiuk

Kurzes Buch über das Sterben

Geschichten

Aus dem Polnischen von
Renate Schmidgall

Suhrkamp

Die Originalausgabe erschien 2012 unter dem Titel
Grochów
bei Czarne, Wołowiec.

Erste Auflage 2013
suhrkamp taschenbuch 4421
Deutsche Erstausgabe
© Suhrkamp Verlag Berlin 2013
© by Andrzej Stasiuk, 2012
Suhrkamp Taschenbuch Verlag
Alle Rechte vorbehalten, insbesondere das
des öffentlichen Vortrags sowie der Übertragung
durch Rundfunk und Fernsehen, auch einzelner Teile.
Kein Teil des Werkes darf in irgendeiner Form
(durch Fotografie, Mikrofilm oder andere Verfahren)
ohne schriftliche Genehmigung des Verlages reproduziert
oder unter Verwendung elektronischer Systeme
verarbeitet, vervielfältigt oder verbreitet werden.
Die Hündin wurde erstmals u. d. T. *Der sandgelbe Teppich
mit den Klappohren* am 7. / 8. Januar 2012 und
Augustyn am 8. / 9. September 2012 in der SZ veröffentlicht.
Druck: CPI – Ebner & Spiegel, Ulm
Umschlag: Göllner, Michels
Printed in Germany
ISBN 978-3-518-46421-2

Großmutter und die Geister

*M*eine Großmutter wohnte in Podlasie. Nicht im Dorf, sondern in der sogenannten »Kolonie«: ungleichmäßig verstreute Gehöfte, durch Espenhaine und Spaliere aus hohen alten Pappeln voneinander getrennt. Das Haus stand in einem Obstgarten. Hier war es im Sommer selbst zur Mittagszeit kühl. Die Apfelbäume waren uralt und verwachsen, ihre Kronen ineinander verschlungen – ein Reich ewigen Schattens.

Der Obstgarten grenzte an eine Wiese. Doch dieses Wort hörte ich nie. Man sagte *smug*, »Streif«, die Kühe weideten auf dem *smug*. Ein Stück Grün mit einem Brunnen in der Mitte, der als Viehtränke diente. Der Brunnen war alt und hatte statt einer Betoneinfassung eine Verschalung aus Brettern. Den Eimer zog man mit Hilfe einer langen Stange heraus, an deren Ende ein Haken befestigt war. Diese Hakenstange hieß *kluczka*.

Das »u« hat den sanftesten, den weichsten Klang von allen Vokalen.

Immer wenn ich an meine Großmutter denke, kommen mir diese zwei Wörter in den Sinn:

kluczka, smug. Und noch ein drittes: *duch* – »Geist«.

Großmutter glaubte an Geister.

In den sechziger Jahren gab es dort noch keinen Strom. Großvater stieg auf einen Schemel und zündete die von der Decke hängende Petroleumlampe an. Im Herbst tat er das recht früh, um sechs, vielleicht schon um fünf. Im Herbst kam ich mit meinem Vater dorthin, um Äpfel zu ernten, wir luden ganze Kisten in den Lublin meines Onkels, eines waschechten Fahrers des frühen und mittleren Kommunismus.

Großmutter also glaubte an Geister. Es war kein ängstlicher Glaube und auch keiner, wie man ihn dank gelegentlicher Kontakte mit dem Jenseits oder aufgrund von Träumen oder Erscheinungen gewinnt – nichts dergleichen.

Sie setzte sich in die Ecke, auf das Bett mit der Wolldecke, hinter ihr zwei Rehe an der Tränke in einer himmelblau-grünen Landschaft, von der das gelbe, sanfte Licht der Lampe nur das silbrige Weiß des Wassers sichtbar machte, und erzählte. Es waren lange Geschichten über banale Ereignisse, über Arbeit, Besuche, Wanderungen ins Nachbardorf, Familientreffen. Eine ruhige Erzählung, ausgefüllt mit Fakten, mit Namen von Dingen und Namen von Menschen. Die Topographie ihres Dorfes und einiger Orte der Umgebung, eine Chronologie, gespannt zwischen Weihnachten, Mariä Himmelfahrt und Allerseelen.

In dieser grauen Materie bildeten sich von Zeit zu Zeit Risse, die Fäden von Schuss und Kette liefen auseinander, und durch schien das Jenseits, das Übernatürliche, jedenfalls das Andere.

So sah Großmutter eines Sommerabends, als sie von einer ihrer zahlreichen Cousinen nach Hause zurückkehrte, zwischen den Getreidestiegen eine weiße Gestalt. Nicht Mensch, nicht Tier, lief die Gestalt am Rain entlang, mal auf zwei, mal auf vier Beinen, im Mondlicht deutlich zu sehen, aber ganz und gar immateriell.

Ein andermal, nach dem Tod eines nahen Verwandten, sah Großmutter, wie der Verstorbene in die Küche kam; die Tür quietscht, der Gast schaut in alle Schubladen und Fächer der Kredenz und geht wieder, ohne etwas mitzunehmen. Das geschah im Morgengrauen. Großmutter war gerade dabei aufzustehen. Sie sah den Besucher, als sie schon auf dem Bettrand saß, an derselben Stelle, wo sie ihre Geschichten erzählte.

Natürlich kann ich mich nicht an alle Erzählungen erinnern, nur an Bruchstücke. Aber ihre Aura habe ich mir bewahrt: eine unerhört einfache Aura, kein Staunen, keine Ausrufezeichen – nichts.

Dieses Durchscheuern des Existenzgewebes fand eher in meiner Phantasie statt; ich war es, der die Risse sah. Großmutter ging nach diesen Geschichten zur Tagesordnung über. Überhaupt schien es für sie eine ungeteilte Ordnung der Dinge zu geben: alle waren gleichermaßen real und berechtigt. Vielleicht führte ihr Bewusstsein irgendwelche Unterscheidungen durch, vielleicht heftete es zusammen und nähte Flicken auf die brüchigen Stellen, aber in den Geschichten selbst waren keine Spuren von Ausbesserungen zu sehen.

Wenn an einem reglosen, windstillen Nachmittag auf dem Feld eine kleine Windhose erschien, die die aufgestellten Garben fortriss, bekreuzigte sich Großmutter einfach, verfolgte das Phänomen mit dem Blick und machte sich wieder an die Arbeit. Hatte doch nur das Böse in einer von vielen Gestalten seine Anwesenheit manifestiert. Da war nichts von der Erregung, die schwebende Tische begleitet oder den Geschichten von Edgar Allan Poe innewohnt. Großmutter erinnerte eher an Swidrigajlow und seine äußerlich banalen Abstecher auf die andere Seite der Existenz. Großmutters Verwandter, der in der Kredenz stöberte, jetzt sehe ich das genau, kommt an Realität und Macht dem Geist des Dieners Filka gleich, der mit einem ganz gewöhnlichen Loch am Ellbogen in Arkadij Iwanowitschs Zimmer erscheint.

Warum hat sie nie von Heiligen erzählt? Von übernatürlichen Existenzen, die von der Kirchenlehre bestätigt wurden? Warum sind ihr Petrus, Paulus oder die heilige Lucia nie erschienen? Sie alle hat sie nur zum Abmessen der Zeit benutzt. Als wären sie tote Gegenstände, etwas wie ideale Maße oder Gewichte. Die Unbewegtheit dieser Heiligen war die Unbewegtheit der Figuren, denen sie am Sonntag in der Messe begegnete. Die kleine Holzkirche stand in ebenso tiefem Schatten wie Großmutters Haus. Der knarrende braune, vergoldete Innenraum eröffnete ihr einmal in der Woche ein Bild der Unendlichkeit und des Lichts, das Bild eines fernen

Versprechens und einer noch ferneren Belohnung.

Geister hingegen, von Sünde und Fluch gezeichnete, träge Seelen und der Tod begleiteten ihr tägliches Leben. Die Wahrheit, dass der Mensch dem Tod, der Verdammung und dem Zufall näher ist als der Erlösung, hat in ihrem Leben eine Verkörperung gefunden.

Im Übrigen war sie kein Einzelfall. Meine zahlreichen Tanten und Großtanten, die ich in ihrem Haus antraf, nahmen regen Anteil an den Geschichten und ergänzten sie ihrerseits, bis Großvater genervt dazwischenfuhr: »Wann seid ihr Weiber endlich still!« – ob von Rationalismus oder Angst geleitet, werde ich nie erfahren. Sie verstummten dann für eine Weile, um bald darauf wieder, wie perfide Parzen, den Faden jenes anderen, verborgenen Lebens zu spinnen, eines Lebens, das keinen Moment vergisst, dass es zugleich aus Verlust und Sterben besteht.

Die Geschichte von einer Mutter, die mittags um zwölf auf dem Feld die Gestalt einer unbekannten alten Frau in grauem Kleid sah und deren Kind am selben Tag erkrankte und bald darauf starb.

Die Geschichte, wie Großmutter eines

Abends den Stall betrat und etwas, das gerade weglief, sie fast umgeworfen hätte, worauf keine der Kühe mehr Milch gab.

Die Geschichte ... die Geschichte ... die Geschichte ...

Großmutter starb im Herbst. Ich bin noch zu klein gewesen, um mir das genaue Datum zu merken. Es war windig damals, und ich bin mit Vater dort gewesen, denn die Ärzte hatten sorgfältig gerechnet – nicht nur auf den Tag, sondern auf einige Stunden genau. Sie lag auf einem mit schwarzem Stoff bedeckten Brett, ganz in Schwarz, schmal und still. Bevor sie in den Sarg gelegt wurde, küssten alle Verwandten sie auf die Stirn (wie es Brauch war). Vielleicht war ich zu klein, um den Tod zu verstehen. Aus Gewohnheit und von meinen Gefühlen geleitet, küsste ich sie auf den Mund, wie bei jeder Begrüßung zu Beginn der Ferien. Ich wunderte mich, dass sie so hart und unbewegt war und dass sie nicht mehr ihren warmen, vertrauten Geruch ausströmte.

Die Angst kam später. In dem Moment, als ich draußen am Haus die schwarze Kirchenfahne mit dem silbernen Kreuz sah. Jemand hatte sie so an der Hauswand angebracht, dass sie sich flatternd vom Hintergrund des blauen Himmels und der blattlosen Bäume abhob.

Das war meine erste Lektion von der Dominanz des Symbols über die Wirklichkeit.

Worauf zielt diese Erinnerung oder Erzählung ab?

Bald werden die letzten Großmütter sterben, die die Welt der Geister mit eigenen Augen gesehen haben. Sie haben sie gläubig und ruhig betrachtet, natürlich auch mit Angst. Die lebendige, übernatürliche Wirklichkeit wird mit ihnen zusammen verschwinden. Die seltenen mystischen Erfahrungen Auserwählter ausgenommen, werden wir auf das anstrengende und schwierige Vertrauen in die Existenz des Ungewissen angewiesen sein. Die glattpolierte Oberfläche des Alltags wird uns unsere eigenen, flachen Spiegelbilder beflissen als Tiefe vorgaukeln.

Meine Großmutter saß auf dem Bettrand und erzählte Geschichten. Sie tat es uneigennützig, ohne einen bestimmten Zweck zu verfolgen. Die Gewöhnlichkeit der ungewöhnlichen Ereignisse verlieh ihnen ihre Glaubwürdigkeit.

Auf den Hof ging man durch einen großen dunklen Raum, der Speicher genannt wurde. Da hingen alte Geschirre, hinter einem Holzgatter lag das gedroschene und von der Spreu getrennte Getreide. Der scharfe Geruch des von Pferdeschweiß getränkten Leders mischte sich mit dem trockenen Duft des Korns. Durch eine kleine quadratische Öffnung in der Wand fiel Licht. An heiteren Nachmittagen schoss quer durch die Dunkelheit des Speichers ein schmaler Strahl, in dem Staubteilchen wirbelten. Ich huschte durch das Dunkel, zerbröselte einen Moment lang den leuchtenden Streifen und lief hinaus – jedes Mal von derselben Angst begleitet. Erst in der Sonne des Hofes atmete ich wieder normal.

Durch das Fenster sah ich schemenhaft die Gestalt meiner Großmutter, die zwischen Tisch und Herd hin- und herging und das Mittagessen zubereitete. Bei jedem Schritt knarrte der braun angestrichene Fußboden, sie war allein in dem leeren Haus und nahm ganz selbstverständlich aus der heimgesuchten Kredenz Gewürze, Gefäße, Löffel und Gabeln, die der Geist verschmäht hatte.

Später, als sie schon gestorben war, stellte ich

mir oft den Tod vor. Das unwillkürliche Bild war immer das gleiche: eine alte Frau mit gutmütigem und ein wenig spöttischem Gesicht, dem Gesicht meiner Großmutter.

Augustyn

*E*s waren seine Augen, aber er sah uns nicht. Er schaute uns an, aber das waren nicht wir.

Als wir kamen, lag er auf der Seite, zusammengerollt. Es war früher Nachmittag, doch im Saal herrschte Halbdunkel. Nach einer Weile spürte er unsere Anwesenheit und setzte sich langsam im Bett auf. Das Schlimmste war der reglose Blick. Es war, als schaute er durch uns hindurch. Ich hatte Angst. Manchmal blicken wir in die Augen eines Hundes und nehmen plötzlich das Nichts wahr. So ähnlich war es. Krankenhausgeruch, Stimmengewirr auf dem Flur und die Angst, dass all das doch nach Tod aussieht.

Wir wiederholten ständig unsere Namen, dann seinen, dann wieder unsere und wieder seinen, weil uns nichts Besseres einfiel. Und in einem fort: »Erinnerst du dich? Weißt du noch?« Aber er gab keinerlei Zeichen. Wir sahen ihn zum ersten Mal ohne Brille – daher vielleicht das Gefühl des Nichts und die Angst. Manchmal versuchte er zu lächeln, eine flüchtige, entschuldigende Grimasse. Daran wollten wir glauben, denn es war immerhin eine leise

Hoffnung, dass noch nicht alles kaputt, noch nicht alle Drähte durchgebrannt waren.

Unser Besuch dauerte nicht mehr als zwanzig Minuten. Beim Abschied fassten wir ihn ganz vorsichtig an, wie einen Säugling.

Ich weiß nicht mehr, wer uns am Telefon sagte: »Das wisst ihr nicht? Augustyn hatte Ostern einen Schlaganfall.«

Es ist in seinem Zimmer passiert, am Abend oder in der Nacht, und bis zum Morgen hat es keiner der Hausbewohner bemerkt. Angeblich kommt es bei einem Schlaganfall auf die erste Viertelstunde, die erste Stunde an. Wenn relativ schnell Hilfe kommt, sind die Chancen größer. Aber Augustyn hat die ganze Nacht in seinem Zimmer gelegen. Ich konnte es mir vorstellen. Wir sind mehrmals in diesem Eckzimmer gewesen, in dem Haus aus rotem Backstein. Vor dem Fenster machte die asphaltierte Straße einen Schnörkel. Auf der anderen Seite, hinten, befand sich ein steiler Abhang. Das Haus war zwischen Straße und Berg gezwängt.

Wie oft sind wir dort gewesen? Fünf, sechs, sieben Mal? Nach dem zweiten oder dritten Mal servierte Guścio uns Huhn: das Fleisch mit Soße und Salzkartoffeln vermischt und saure Gurken. Bestimmt war es an einem Sonntag. Der Geschmack von ganz einfachem Essen, ein Geschmack, der dich das ganze Leben lang verfolgt. Guścios Mutter brachte das Essen ins Eckzimmer und verschwand gleich wieder. Alle seine Bücher, alle Erzählungen spielen in diesem Eckzimmer. Das heißt, alles, was er geschrieben hat, geht von diesem Ort aus. Als hätte er dort Platz nehmen müssen, um sich in einen Schriftsteller zu verwandeln.

Fünf, sechs, sieben Begegnungen im Leben. Hinterher ist es immer zu wenig. Hinterher merkt man, dass man sich öfter hätte sehen sollen. Sein Blick damals im Krankenhaus in Rzeszów, sein zusammengerollter Körper auf dem Bett, seine Reglosigkeit zeugten davon, dass man mit dem Überleben Entsetzen auslösen kann. Ich glaube, wir waren erleichtert, als wir gehen konnten; wir flüchteten, um während der ganzen Heimfahrt ein hilfloses Gespräch zu führen, um darüber zu spekulieren, ob das noch Augustyn war und ob wir für ihn noch das waren, was wir früher einmal für ihn gewesen sind. Aber es sah eher nicht danach aus.

Nach einer Woche oder zwei kamen wir wieder. Ich glaube, er saß auf dem Bett. Zeit war vergangen, also suchten wir nach einer Veränderung. In seinem Gesicht, in seinem Blick, in jeder Geste hielten wir nach einer Veränderung Ausschau. Seine rechte Hand war gelähmt. Sie lag unbewegt auf dem Schenkel. Von Zeit zu Zeit rückte er sie mit der linken zurecht. Wenn sie verrutschte, hob er sie an und legte sie wieder ab wie einen Gegenstand.

Aber immerhin war dies ein Krankenhaus – scharfer, aseptischer Geruch, glänzendes Linoleum, weiß gekleidete Ärzte und Krankenschwestern, also dachten wir automatisch an Medizin, Heilung, ans Wieder-gesund-Werden. Wir dachten linear: von Punkt A, an dem wir uns befanden, zu Punkt B, den wir zu erreichen hofften. Das Krankenhaus in Rzeszów und danach die zweite Klinik erzeugten die Illusion eines Provisoriums, das es erlaubte, eine Wendung zum Besseren zu erwarten, da das Schlimmste ja schon stattgefunden hatte. Schließlich geht man ins Krankenhaus, um es später wieder zu verlassen. Wir fuhren alle paar Wochen hin und suchten nach dem Augustyn von früher. In seinem gegenwärtigen Körper wollten wir die frühere Person sehen. Wir lauerten auf sie, als müsse sie einfach aus dem Innern dieses stillgelegten und gequälten Körpers zu uns heraustreten. Jetzt sehe ich, wie schwer es ist, diese Erfahrung zu beschreiben – das Gefühl von schrecklicher Fremdheit und zugleich Nähe. Wir fassten ihn an und umarmten ihn, etwas anderes fiel uns nicht ein.

Nach ein paar Monaten wurde Augustyn ins Haus der Sozialfürsorge nach Dynów verlegt. Das bedeutete, dass die Medizin an ihrer Grenze angekommen und kein Wunder mehr zu erwarten war. Doch in gewisser Weise wendete sich das Schicksal damit zum Besseren. Dynów lag näher an Augustyns Heimat, näher an Izdebki. Im Aufenthaltsraum saßen Bauersfrauen mit Kopftüchern. Im Vergleich zu dem toten, gleichgültigen Krankenhaus hätte Dynów sogar eine Art Zuhause sein können. Es lag im Grünen, und an heiteren Tagen wärmten sich die Heimbewohner in der Sonne. Augustyn saß inzwischen im Rollstuhl. Wir suchten uns einen abgelegenen Platz und führten Gespräche – im Grunde genommen waren sie eine Suche nach den Resten seiner Erinnerung oder laienhafte logopädische Übungen. Alles, was uns blieb, waren Bruchstücke, vage Spuren der Vergangenheit – nur sie stellten noch ein Bindeglied dar zwischen uns und Augustyn. Nur so konnten wir die Gegenwart ausfüllen – indem wir ununterbrochen fragten: Erinnerst du dich an dies, erinnerst du dich an jenes, weißt du noch, wie wir, weißt du noch, wo wir.

Gleichzeitig gewann Augustyn ganz allmählich, fast unmerklich – wie soll ich mich ausdrücken – etwas zurück. Sein Gedächtnis? Sein Leben? Seine Gedanken? Seine Gefühle? Einzelne Worte? Eines Tages saßen wir am Eingang zur Kapelle des Heims. In der Kapelle beteten einige Frauen. Augustyn hatte immer antiklerikale Ansichten geäußert, und wenn er in den Augen seines Gegenübers Ablehnung wahrnahm, bekannte er sich sofort zur Idee des Kommunismus. Als wir damals unter den Bäumen vor der Kapelle saßen, fragte ich ihn, ob er nicht der Meinung sei, das Leben selbst gebe ihm neuerdings die Chance, sich mit der Kirche auszusöhnen, und ob er sich nicht hin und wieder zu den betenden Frauen mit den Kopftüchern gesellen wolle. Er sah mich von der Seite an, rollte zur angelehnten Tür und schlug sie mit voller Wucht zu. Dann kehrte er mit diabolischem Grinsen zu uns zurück und schien sehr zufrieden mit sich.

Das war ein Zeichen dafür, dass Krankheit und Behinderung ihn zwar von der Welt und von uns getrennt hatten, sein tiefstes Wesen aber davon unberührt geblieben war. Mit Hilfe von Gesten versuchte er, dem Nichts zu entkommen. Die Krankenschwestern sagten, er sei stur. Doch er wollte sich einfach nicht aufgeben. Solche Orte entmündigen den Menschen unweigerlich, zwingen ihn, sich unterzuordnen, infantil zu werden. Augustyn war eine trotzige Seele, in seinem Leben und in seinem Schreiben. Er tat immer, was er für richtig hielt. Jetzt aß er Trauben und schoss mit den Kernen ins Zimmer, schaute hinter der Brille hervor und wartete darauf, dass einer von uns wie immer sagen würde: »Guścio, mach keinen Dreck.« Später, als wir wegfuhren, sahen wir undeutlich seine Gestalt an der Glastür des Eingangs. Er fuhr mit dem Rollstuhl heran und wartete, bis wir in der stillen Straße mit den einstöckigen Häusern verschwunden waren.

Alles hatte Mitte der neunziger Jahre begonnen. Ich sah Dutzende Manuskripte für den jährlichen literarischen Wettbewerb der Zeitschrift *Czas Kultury* durch. Und wie das bei solchen Wettbewerben ist: jede Menge Langweiliges, pubertäre Zerrissenheit, die schlechte, ungerechte Welt, das aufgeblasene Ego des Autors. Aber irgendwann stieß ich auf eine ungewöhnliche Erzählung über einen Jungen vom Dorf und seinen Krieg mit dem Hahn aus der Nachbarschaft. Ich konnte mich aus meiner eigenen Kindheit an so ein aggressives gefiedertes Männchen erinnern, also fesselte mich die Geschichte sofort. An ihr war alles, wovon echte Prosa lebt. Detail, Beobachtungsgabe, ein bisschen Distanz zum Gegenstand, ein bisschen Selbstironie, Leichtigkeit des Stils und Warmherzigkeit, mit ein wenig Bitterkeit gewürzt. Diese Erzählung unterschied sich einfach von den anderen, in ihr gab es etwas Leuchtendes, Ruhiges, Edles. Sie bekam einen der Preise. Als wir die Umschläge mit den Namen der Autoren öffneten, sagte jemand, Augustyn sei ihm bekannt, er sei ein älterer Mann, ein ehemaliger Lehrer, und wohne in Izdebki, in der Nähe von Brzozów. Einige Zeit danach beschlossen wir, ihn zu besuchen. Er wohnte nicht weit von uns, gerade mal hundert Kilometer, aber wir verfuhren uns. Verhedderten uns im Netz der Feldwege von Pogórze. Mit unserem alten Maluch blieben wir im Sumpf stecken, die Bremsen versagten, und wir kamen erst gegen Abend an, von Kopf bis Fuß verdreckt. Augustyn begrüßte uns, als wären wir Engel, geradewegs vom Himmel zu ihm geschickt.

Izdebki war sein Reich. Mehr schien er nicht zu brauchen. Vergangenheit und Gegenwart. Die Orte seiner privaten Mythologie, seine private Geographie. Izdebki hatte eine Geschichte, die mindestens mit der Geschichte Europas vergleichbar war. Es war Augustyns Reich, und er herrschte darüber uneingeschränkt. Die einen verurteilte er zum Nichtsein, die anderen setzte er zu seiner Rechten, in Ewigkeit. Er war ein allmächtiger, aber gnädiger Herrscher. Izdebki, dieses Kleinstädtchen im ländlichen, provinziellen Polen, fundamentaler Bestandteil seiner Heimat, erlangte in den Erzählungen die Kraft des Mythos. Sensibilität, Groteske, ostentative Lüsternheit, plebejische Vitalität, die Kraft der allgegenwärtigen Biologie, die wunderbare Einzigartigkeit des Lebens. Und Lachen, Lachen als letzter Rettungsanker vor dem nahenden Nichts. Das alles machte Augustyns Prosa aus. Wie übrigens auch ihn selbst. Er war wie ein Medium. Izdebki hatte ihn hervorgebracht, und zugleich war er dort fremd. Man kann nicht ungestraft die Welt beschreiben.

Nach über einem Jahr zog er von Dynów aus weiter. Es war eine Art Büßerreise geworden. Für uns war es ein wenig schade, denn der Weg von Domaradz nach Dynów läuft über die hohen Rücken der Hügel, und auf dieser Himmelsstraße eröffneten sich immer wieder Ausblicke, die zu den schönsten in ganz Pogórze gehören. Wir konnten also fahren und uns auf die Begegnung freuen und auf dem Rückweg über die Natur dieser Begegnungen nachdenken, über den Sinn menschlicher Kommunikation und Nähe. Jetzt hingegen mussten wir nach Brzozów. Brzozów gehörte zu dem Landkreis, in dem Izdebki liegt, und so brachte diese scheinbare Büßerreise Augustyn seiner Heimat noch näher; jetzt trennten ihn nur noch das Massiv des Schwarzen und des Großen Berges von ihr. Wir begannen uns daran zu gewöhnen und dachten, so werde es jetzt immer sein – wir fahren los und gelangen über Żmigród, Dukla, Rymanów und Trześniów nach Brzozów. Im Laden an der Ausfahrtstraße nach Sanok kaufen wir weiße und blaue Trauben, von denen Augustyn Unmengen verdrücken kann, er streicht sich zufrieden über den Bauch und schießt die Kerne in alle Richtungen. Das alles verwandelte sich allmählich in ganz normales Leben. Wir zählten die neuen alten Wörter, die Augustyn erinnerte und aussprach. Wir fuhren hin und erzählten, was es bei uns Neues gab. Manchmal nickte Augustyn und ließ ein langgezogenes, anerkennendes »Oooh« vernehmen. Ein andermal, wenn er keine Worte für das finden konnte, was er ausdrücken wollte, ballte er die gesunde Hand zur Faust und sagte deutlich, nachdrücklich und hilflos: »O Scheiße.«

Eines Tages erzählten wir ihm die Geschichte eines Freundes, der plötzlich erkrankt war. Die Krankheit gehörte zu den schlimmsten, die es gibt, und die Prognose war nicht besonders gut. Augustyn hörte sich alles bis zum Schluss an, und als dann Schweigen eintrat, sagte er nur ein Wort: »Entsetzlich.« Er sagte es langsam, ruhig und ganz klar. In den Zimmern ringsum wohnten Menschen, die diesen Ort nie wieder verlassen würden. Viele von ihnen waren sich dessen nicht einmal bewusst. Die Existenz mancher war auf einige sich endlos wiederholende Gesten beschränkt. Die Physiologie schien alles zu dominieren. Eine langsame Aufeinanderfolge von Schlafen, Füttern, Waschen – Tätigkeiten, mit denen alles einmal angefangen hat. Der Geruch von Betten, Körpern und Essen. Im Flur hallen Stimmen wider, Geschirr scheppert, und aus den Zimmern strömt die warme Luft. Und mittendrin Augustyn, der mit einer Hand seinen Rollstuhl bewegt und immer wieder sagt: »O Scheiße. Entsetzlich.«

Augustyn starb im Juli im Pflegeheim. Es war heiß. Er starb an Herzversagen. Am Tag, in seinem Zimmer, mit Blick auf den Hügel und das Städtchen. Ob im Sessel oder im Bett, zusammengerollt auf der Seite, wie es seine Art war, weiß ich nicht. Im Laufe der Zeit hatte er immer mehr Wörter benutzt, sein Lächeln und sein Blick waren klarer geworden. Beim letzten Besuch hatte ein Freund von früher ein Päckchen Zigaretten dabei. Als Augustyn das sah, holte er sich einfach eine heraus und verlangte Feuer. Nicht ausgeschlossen, dass er zum ersten Mal seit Jahren wieder rauchte. Er tat es mit Genuss, auf dem Bett sitzend, mit perfekten Bewegungen, als wäre es die erste Zigarette nach dem Aufwachen. Und mit diesem Blitzen in den Augen, weil er genau wusste, dass das Rauchen im Zimmer verboten war.

Er starb im Juli, und niemand war dabei. Ein Pfleger hat ihn gefunden. Wir haben ihn auf dem Friedhof beerdigt, mit weitem Blick nach Osten, wo sich in der Ferne, zwischen den grünen Hügeln, der silbrigblaue San schlängelt.

Die Hündin

*U*nsere alte Hündin stirbt langsam. Als Erstes hat sie das Gehör verloren, dann die Sehkraft und zum Schluss den Geruchssinn. Aber hin und wieder bewegt sie sich noch, und sie hat einen gewaltigen Appetit. Manchmal versucht sie zu bellen. Sie kann kaum stehen, schaut mit blinden Augen vor sich hin und bellt ihre Hundegedanken an, ihre Einbildungen, vielleicht auch ihre Erinnerung. Sechzehn Jahre hat sie mit uns gelebt. Wir haben sie schon als Welpe bekommen. Eines Sommers brachte eine Freundin sie mit und ließ sie bei uns auf dem Dorf. Wir sparten uns damals die Routineimpfung, die man mit Welpen machen sollte, und sie erkrankte an Parvovirose. Doch es gelang uns, sie zu retten, indem wir sie jeden Tag zum Tierarzt fuhren, wo sie Infusionen bekam, die den Tod durch Dehydrierung abwendeten. Es blieb nur eine leichte motorische Schwäche der Hinterbeine. Aber sie lief fünfzehn Jahre lang herum und konnte mit den anderen Hunden mithalten. Im Winter verschwanden sie manchmal für zwei, drei Tage. Ich ärgerte mich, aber schließlich ließ ich den Geländewagen an, kämpfte mich durch den Schnee und suchte die menschenleeren Täler ab. Sie fanden sich immer wieder ein. Ausgezehrt, abgemagert, halbtot und anscheinend ohne die geringste Idee, was sie mit ihrer Hundefreiheit anfangen und wie sie nach Hause kommen sollten. Gehorsam ließen sie sich ins Auto packen und rührten sich danach eine Woche nicht von der Stelle, es sei denn, zu ihrer Schüssel.

Die Hündin war die älteste. Alle anderen waren ihre Nachfahren. Kinder, Enkel und Urenkel. Auf dem Land, in nahezu unbegrenzter Freiheit, kann man schlecht aufpassen. Hunde sind schlau, und wenn es um die Erhaltung der Art geht, sind sie dreimal so schlau. Nach dem dritten Wurf ließen wir die Hündin sterilisieren. Diese Vermehrung war lästig geworden, denn wir lebten damals in gemieteten Häusern, zogen ständig um, manchmal in Dörfer, wo die Leute beim Anblick eines freilaufenden Hundes, der größer als eine Katze war, Gänsehaut bekamen. (Ja, das Dorf fürchtet sich vor fremden Hunden, fremde Hunde beißen, gegen diesen jahrhundertealten Glauben ist kein Kraut gewachsen. Und in diesen Dörfern hat er irgendwie auch seine Berechtigung.) Aber unsere Hündin war sanft. Ihre Enkel und Urenkel beißen manchmal die Schafe des Nachbarn tot. Dann fluche ich vor mich hin, nehme Geld und gehe los, um für das Vergnügen der Hunde zu bezahlen. Aber sie hat nie jemandem etwas getan. Einmal brachte sie, von einem fernen Instinkt geleitet, ihren Welpen ein halbwüchsiges Hühnchen. Doch sie krümmte dem Vogel keine Feder. Sie hielt ihn so behutsam im Maul, als trüge sie einen Welpen. Sie scheint sich sogar geschämt zu haben für diesen Unfug. Das freigelassene Huhn kehrte unbeschadet wieder heim.

Jetzt sehe ich, wie sie in einem Flecken der Wintersonne auf der Veranda liegt. Sie hat ein gelbliches Fell, eine etwas dunklere Schnauze und Schlappohren. Eine echte Promenadenmischung. Es lässt sich wohl kaum sagen, welche Rassen in der Vergangenheit aufeinandergetroffen sind und sich vermischt haben, damit vor sechzehn Jahren dieses komische, ein bisschen ungeschickte, gutmütige Tier bei uns auftauchen konnte. Jedenfalls hatten ihre Mischlingsgene viel Kraft, denn die folgenden Generationen, ihre Enkel und Urenkel, kamen fast mit der gleichen sandgelben Farbe und den gleichen Schlappohren auf die Welt. Jetzt liegt sie in diesem Sonnenflecken und schläft fast ununterbrochen. Wenn einer von uns ganz nahe herangeht, hebt sie den Kopf. Schwer zu sagen, ob sie uns erkennt. Aber wenn man sie berührt und streichelt, freut sie sich immer noch. Wie sie es ihr Leben lang getan hat. Jetzt erinnert sie an einen alten, fusselnden Teppich. Obwohl der Winter kommt, geht ihr das Fell aus, das dichte, flauschige Futter, das dafür sorgte, dass sie sich in einer Schneewehe zusammenrollen und einschlafen konnte, mit dem Schwanz die Schnauze bedeckend.

Sie hat sehr abgenommen. Wenn sie aufsteht, sieht sie aus wie ein mit schmutziggelber Watte beklebtes Skelett. Sie kann sich kaum auf den Beinen halten, schwankt, taumelt. Zehn, zwölf Schritte schafft sie, dann kehrt sie wieder zu ihrem Lager zurück. Sie stinkt. Riecht ganz einfach nach Alter. Nach einem Körper, der aufhört, sich zu bewegen. Ich entdecke an ihr noch den alten Geruch aus der Zeit, als sie in Wind und Regen angerannt kam, aber er wird immer schwächer. Manchmal versucht sie sich zu kratzen, aber es fällt ihr immer schwerer. Diese typischste aller Hundebeschäftigungen wird für sie allmählich unmöglich. Die Pfote erreicht nicht ihr Ziel und stockt im Leeren.

Vorläufig ist der Winter mild und schneelos, und sie kann auf der Veranda wohnen. Schlimmer wird es sein, wenn der Frost kommt. Die Hündin macht einfach dahin, wo sie liegt. Wenn sie einen guten Tag hat, legt sie ein paar Meter zurück, aber oft macht sie einfach direkt neben ihr Lager. Übelnehmen kann man ihr das nicht, denn außer der Berührung von Menschen ist das Fressen die einzige Freude, die sie noch hat. Sie frisst leidenschaftlich und gierig, und man muss auf ihre Zähne achtgeben, wenn man ihr etwas hinhält. Aber damit sie überhaupt etwas riecht, muss man es ihr direkt unter die Nase halten. Auch dann schnuppert sie blind nach allen Seiten und trifft eher zufällig. Es ist also schwer zu sagen, ob sie bei einem so rudimentären Geruchssinn noch einen Geschmack empfindet. Oder ob sie sich, einem ursprünglichen Reflex folgend, einfach vollstopft, sich den Magen füllt, etwas hinunterschlingt. Um es ein paar Stunden später direkt daneben wieder loszuwerden. Deshalb fürchte ich mich vor dem Winter und dem Frost. Wir werden sie ins Haus nehmen, jeden Morgen und auch tagsüber den Raum saubermachen müssen, denn sie gibt keinerlei Zeichen, dass sie hinaus will. Sie hat aufgehört, Zeichen zu geben, genauso wie sie die Fähigkeit verloren hat, hinauszugehen.

Manchmal ärgere ich mich über sie. Als wäre sie uns zum Trotz alt und gebrechlich geworden, aus reiner Bosheit. Ich gehe täglich viele Male an ihr vorbei, steige über den gequälten Körper, und es gibt Momente, in denen ich genervt reagiere. Als würden – zusammen mit ihrem Leben – meine guten Gefühle zu ihr verschwinden. Darin liegt etwas Grausames, das nicht dem Willen unterliegt. Ich beuge mich hinunter und streichle sie. Was früher ein Reflex war, wird jetzt zu einer bewussten Tätigkeit.

Ich schreibe das alles, weil ich zum ersten Mal den langsamen, sich hinziehenden Tod eines Wesens betrachte, mit dem wir über Jahre hin fast jeden Augenblick des Lebens geteilt haben. Ich spreche mit Leuten darüber, die sagen, es sei am vernünftigsten, die Hündin einzuschläfern. (Das ist übrigens ein interessanter Euphemismus. Niemand sagt »töten«. Alle reden vom »Einschläfern«, das heißt, von etwas Sanftem und gleichsam Vorübergehendem.) Ich weiß, dass das vernünftig ist, dass es üblich ist und dass diejenigen, die es tun, das Gefühl haben, sie würden das Leiden lindern, es verkürzen und sich human verhalten. Auch mir ging das einen Moment lang durch den Kopf. Doch wir haben beschlossen, dass es anders sein soll.

Ich schreibe diesen Nachruf auf ein lebendes Tier beziehungsweise diese Erinnerung zu Lebzeiten, weil mir zum ersten Mal die Erfahrung zuteil wird, so lange, systematisch und genau zu beobachten, wie ein lebendiges Wesen sich in einen gebrechlichen Körper und zuletzt in eine Leiche verwandelt. Ich betrachte die Hündin und denke an mich, aber auch an alle Menschen, die langsam aus ihrer Hülle schlüpfen, sich langsam lösen. Wenn ich also die Hündin betrachte, werde ich die Vision der menschlichen Sterblichkeit nicht los. Unser gelber, nutzloser Hund (er bellt nicht, schwänzelt nicht, wedelt nicht, zeigt keine Freude bei der Begrüßung) verwandelt sich in ein Ding, dessen man sich entledigen muss. Ja, manche raten, man solle das bald tun, um sich selbst den Ärger und dem Tier die Qual zu ersparen. Schließlich wird sich nichts mehr ändern, die Situation ist irreversibel. Eine Spritze und fertig. Das könnte ich sogar selbst machen. Wenn es sein musste, habe ich früher Schafe und Ziegen geschlachtet. Doch aus irgendeinem Grund werde ich den Gedanken an die Menschen nicht los, die an all den sorgsam verborgenen Orten liegen, die dem Sterben dienen. Diese Menschen sind nutzlos. Sie verschlingen Energie, Geld, Arbeit und erregen Ungeduld oder Gleichgültigkeit. Ich weiß, wie es abläuft, ich habe es viele Male gesehen: Drei, vier Leute vom Pflegepersonal, mit Latexhandschuhen, kommen ins Zimmer. Zwei heben den fast schwerelosen Körper empor, die anderen nehmen rasch die Windel ab, waschen, legen eine neue an. Nach drei Minuten ist keine Spur mehr davon zu sehen, dass irgendetwas geschehen ist. Nur ein seltsamer menschlich-unmenschlicher Geruch hängt noch in der Luft. Vielleicht ist es einfach der Geruch des Menschen, der uns mit Entsetzen erfüllt, der uns abstößt und verfolgt, deshalb sperren wir ihn an diesen fernen und unsichtbaren Orten ein. Wir bezahlen die Leute mit den Latexhandschuhen dafür, dass sie diesen Geruch für uns einatmen. Wir bezahlen sie dafür, dass sie das Sterben begleiten. Letzten Endes bezahlen wir sie dafür, dass sie in gewisser Weise für uns sterben. Denn wenn wir am Tod anderer Menschen, am Tod Angehöriger teilnehmen, sterben wir selbst ein bisschen, werden selbst ein bisschen sterblicher. Wir kaufen uns einfach eine weitere Dienstleistung, um selbst keine Zeit zu verlieren. Um diesen Geruch nicht einatmen zu müssen.

Unsere Zivilisation ist seltsam. Sie rettet, bewahrt, verlängert uns das Leben. Und zugleich macht sie uns dem Tod gegenüber hilflos. Wir wissen nicht, wie wir uns ihm gegenüber verhalten sollen. Bei meiner Großmutter war es so, dass Tanten und Nachbarinnen sie wuschen und ihr die Kleidung für den Sarg anlegten. Mein Nachbar ist zu Hause gestorben. Seine Tochter hatte ihn aus dem Krankenhaus geholt, weil sie sich nicht vorstellen konnte, dass er unter Fremden sterben sollte. Es war ein langes Sterben, also musste sie all die Krankenhaustätigkeiten lernen, einschließlich der Verabreichung von Morphium. Und so starb mein Nachbar in seinem Zimmer, mit dem Blick auf die grünen Hügel, auf die er jeden Morgen geschaut hatte. Aber meine Großmutter und der Nachbar starben einen Tod, der heute geradezu utopisch erscheint.

Bisweilen sucht mich die Vision einer Stadt heim, einer großen Stadt, in der alle Sterbenden in ihren Wohnungen bleiben. In den oberen Stockwerken moderner Hochhäuser, in bewachten Siedlungen, die morgens veröden, um sich erst am Abend wieder zu bevölkern, durch dünne Wände abgeschirmt vom Straßenlärm, von der geballten Aggressivität der modernen Metropolen, mitten im nie verstummenden Heulen der Stadt, mit dem Schein der Neonlampen in den erlöschenden Pupillen. Das ist meine Vision. Dass man nicht in Krankenhäusern, Hospizen oder Altersheimen stirbt, sondern in Häusern, in Wohnungen, die die meiste Zeit leerstehen. Dort hat man schon Probleme, einen Hund zu besitzen und auszuführen, wie sieht es dann erst mit Sterbenden aus. Wie soll man einen Sarg aus dem achten Stock transportieren? Senkrecht im Fahrstuhl? Und dann? Was ist mit dem Trauerzug im städtischen Verkehr? Im Stau zur Kirche, zur Kapelle und dann auf den Friedhof? Mit Hupen und Blinken, damit die übrigen Trauergäste den Weg finden?

Sogar auf dem Land haben die Begräbnisrituale sich verändert. Bei der Beerdigung meiner Großmutter ging der Zug vier Kilometer in der Hitze von der Kirche auf den Friedhof, und den Sarg trugen die Angehörigen auf den Schultern. Als im gleichen Dorf vor einiger Zeit mein Onkel bestattet wurde, gelangte der Fußgängerzug nur bis zur letzten Bebauung, und dann gingen alle zu ihren geparkten Autos in der Nähe der

Kirche, um hinter dem Leichenzug herzufahren.

Wir sind immer mehr, und immer mehr von uns werden sterben. In immer größerer Einsamkeit. Zumindest bis zur Erfindung der Unsterblichkeit. Aber mir scheint, auch die in Zukunft zu erfindende Unsterblichkeit wird nur eine ins Unendliche verlängerte Einsamkeit sein. Denn worüber wird so ein Unsterblicher reden mit einem Sterblichen, der sich die Unsterblichkeit nicht leisten kann?

Über solche Dinge denke ich dank unserer Hündin nach. Heute ist es kälter geworden; ich habe auf der Veranda eine Art Hundehütte gebaut und sie mit Decken ausgelegt. Die Hündin hat sich zusammengerollt und schläft. Sie schläft die ganze Zeit. Eigentlich würde nichts passieren, wenn ich ihr diese Spritze gäbe. Sie würde einfach weiterschlafen. Sie würde aufhören, ihre Notdurft zu verrichten, sie würde aufhören, sich umzudrehen, die Hinterpfoten nachzuziehen, die eigenen Exkremente zu fressen. Sie würde aufhören zu leiden, und auch wir wären erleichtert, denn es ist nicht leicht, jemandem zuzusehen (ist ein Hund jemand?), der seine Exkremente frisst.

Nichts würde passieren. Der Mensch sollte die Ereignisse voraussehen und in ihren Verlauf eingreifen, wenn es nötig ist. Dank dessen, denke ich, sind wir dahin gekommen, wo wir uns heute befinden. Und nichts kann uns aufhalten. Unnützes Leben können wir loswerden. Da wir gelernt haben, das Leben zu verlängern, gestehen wir uns auch das Recht zu, es zu verkürzen, denn seit einiger Zeit scheinen wir alles in der Hand zu haben. In früheren Epochen, vor dem Humanismus, war der Tod grausam, er kam oft zu früh, aber das Leben dauerte bis an sein Ende. Darüber entschied das Schicksal. Das Schicksal gehört allmählich der Vergangenheit an. Schicksal wird es bald nicht mehr geben. Vorläufig entfernen wir es aus unserem Alltag und verschieben es in Kranken- und Sterbehäuser. Später werden wir uns die Zeit vornehmen. Wir werden entscheiden, wann sie zu kommen hat.

Ich schreibe und schaue auf die Veranda. Die Hündin hat gefressen und sich wieder zusammengerollt in ihrer Höhle aus Schlafsäcken und Decken. Unsere junge braune Katze geht ihr nach und legt sich daneben, in die Wärme des erkaltenden Körpers.

Grochów

*D*ie Garwolińska bis ans Ende, dann rechts durch die Makowska die Gleise entlang Richtung Olszynka. Manchmal direkt bis zum Betriebswerk. An warmen Tagen saßen auf der Straße, die an einen Feldweg erinnerte, Typen und tranken. Über die Zäune hingen die Äste der Obstbäume. Sollte es anders gewesen sein, so möge mich jemand korrigieren. Im Frühjahr mischte sich der Geruch nach verbranntem Gras mit dem Gestank von Kreosot. Die Sonne erwärmte das Gestrüpp und die Schwellen. Dort war die Stadt zu Ende. Dahinter kam das Reich der Bahn, des Unkrauts und der Schrebergärten. Im Frühjahr explodierte die Pflanzenwelt jäh und wild, hielt sich den Sommer und Herbst zwischen den Bahndünsten und den Industrieabgasen und fiel dann unter ihrem eigenen Gewicht zusammen. Nur die ausdauerndsten Gewächse hatten länger Bestand. Zum Beispiel Stechapfel und Hanf. Sie ragten den ganzen Winter unter dem Schnee hervor, bis frisches Grün sie bedeckte.

Dort war Schluss. Die Stadt hielt auf halbem Schritt inne wie an einem Steilufer, als ginge ihr der Atem aus oder als verfiele sie in Schockstarre angesichts der Lehmlöcher, Hundetriften, Blechhütten, Gleisanlagen, all der wertlosen Wunder aus Schrott. Alles brach ab, und etwas völlig Neues begann. Die Szklanych Domów war das letzte Ufer der Stadt. Dahinter erstreckten sich seichte, dunkle Gewässer, auf denen sich paradiesische Inseln erhoben, teuflische Inseln, Wracks, abgerissene Fetzen des städtischen Kontinents, zerbröckelte und vermengte Schollen von Industrie und Erholung.

Die Typen in der Makowska hatten die Hosenbeine hochgezogen. Ihre Schienbeine blinkten in der Sonne. Es war Ende April. Apfel- und Kirschblüten rieselten auf ihre Schultern. Sie waren die Arbeiterklasse. Sie schauten nach Norden, auf das gegenüberliegende Ende der Senke, wo der Bahndamm höher war und die dahinkriechenden Züge im goldenen Frühlingslicht nah und deutlich erschienen wie die aus der Kindheit. Manche Züge fuhren direkt in die Welthauptstadt des Proletariats. Der Stadtteil auf der anderen Seite hieß Utrata: Verlust.

Und so war es in der Tat. Wir gingen dorthin, um unsere Melancholie zu stillen. Um ein unbestimmtes Gefühl von Verlust zu pflegen. Zumindest einige von uns. Jedenfalls ich. Die Makowska glich einem Meeresufer. Man musste nur hingehen und sich vorstellen, was hinter dem Horizont ist. Vor allem zu Beginn des Frühlings, wenn über den bräunlichen, zu Boden gedrückten Gräsern die erwärmte Luft zitterte. Aber so ist es immer an Orten, wo Bahngleise verlaufen. Von zwei ins Unendliche laufenden silbernen Fäden kann man den Blick nicht losreißen. Sie sind magnetisiert, wie ein Eisensplitter folgt ihnen unsere Sehnsucht bis ans Ende der Welt.

Nicht ausgeschlossen, dass die Typen mit den Flaschen – »Königsbier«, Wein der Marke – nomen est omen – »Apfelblüte« und »Tafelwodka« – den Blick ebenfalls auf die Unendlichkeit geheftet hatten. Sie saßen am Rande ihres Lebens und schauten in die Ferne. Doch aufzustehen und loszugehen wäre ihnen nie in den Sinn gekommen. Dazu waren sie zu erwachsen, zu männlich, zu proletarisch. Wenn der Abend dämmerte, erhoben sie sich und kehrten in die Siedlung zurück. In den vierstöckigen Wohnblocks aus grauem Backstein gab es keinen Aufzug, also stiegen sie die Treppe hoch durch all die menschlichen Ausdünstungen. Dieser undefinierbare, aber starke Geruch setzte ein, sobald man das Treppenhaus betrat. Tausende von billigen Mittagessen – Kraut, Frikadellen, Tomatensuppe – , an der Tür abgestellte Schuhe, der erhitzte Staub auf den Glühbirnen, die strenge Note von brennendem Gas, die komprimierte Aura enger Wohnungen, die dicht mit Hab und Gut ausgefüllt waren. So roch das Leben von Menschen, die Tag und Nacht zusammenwaren.

Als sie dich in den Ofen schoben, wusste ich schon, dass ich das alles würde beschreiben wollen. Weil ich nichts anderes tun konnte. Dieser Ofen, dieser Raum, dieser Wagen erinnerten mich an die Fabrik unserer Väter. Die später unsere war. Das alles spielte sich hinter einer Scheibe ab, aber ich konnte die erhitzten Stahlspäne riechen, die Funken, die unter der Korundscheibe hervorspritzten, das Öl, ich nahm die Gerüche der verschiedenen Abteilungen wahr: Schmiede, Härterei, Presse. Obwohl sich alles hinter Glas abspielte. Als das Gebläse zum Einsatz kam, das die Temperatur auf über tausend Grad erhöhen sollte, war es wie in der Fabrik. Selbst die grünen Kacheln an den Wänden erinnerten daran – an den Umkleideraum mit den schrecklichen Metallschränken, in denen die Arbeitskleidung immer von einer öligen Feuchtigkeit durchdrungen war. Ich konnte den Moment nicht ausstehen, wenn wir kurz vor sechs den dunkelblauen Drillich anziehen mussten. Er war schwer von der Fabrikluft. Schwer und kalt. Fast wie aus Metall. Eigentlich zog ich ihn nicht an, sondern schob mich mit Abscheu hinein. Es dauerte Minuten, bis er die Körperwärme annahm. Das speckige Gefühl in den Taschen. Die Metallspäne. Jetzt erinnere ich mich, dass der Stoff nicht dunkelblau, sondern grau war. Grau wie alles ringsum, die grünlichen Körper der sowjetischen Maschinen, das verrußte Glas der Fenster und der mit Holz gepflasterte Fußboden, schwarz vor Schmiere und Dreck. Unabhängig von der Tages- oder Jahreszeit waren die ganzen Hallen, die ganzen Abteilungen von einer winterlichen Dämmerung erfüllt. Selbst wenn es heiß war. Zum Beispiel in der Schmiede neben den elektrischen Öfen. Oder in der Härterei, wo das hellorangene

Metall in ein Ölbad getaucht war. Auch dort herrschte kaltes, graues Licht. Das war das Leben unserer Väter. Und wir sollten es wiederholen, es wartete fix und fertig auf uns, wir mussten gar nichts tun. Morgens, von der Haltestelle aus, betrat ich mit der Masse der anderen Männer durch das Haupttor die Fabrik, als würde ich mein eigenes Schicksal betreten. So kann man es formulieren, obwohl damals weder du noch ich wussten, was Schicksal ist. *Simple twist of fate* ... Doch die Berührung des Drillichs fühlte sich an wie die Berührung fremder, kalter Haut. Die Männer in der Makowska glichen unseren Vätern, aber wir wären nie auf die Idee gekommen, uns neben sie zu setzen. Wir gingen weiter, bis wir aus ihrem Blickfeld verschwunden waren. Über die Gleisanlagen, durch kleine Wäldchen, über die Bahndämme, um den Zügen nachzuschauen, die weiter in die Landschaft fuhren, zum Ostbahnhof, zum Hauptbahnhof oder nach Wladiwostok. Weil von Anfang an beschlossen war, dass wir unsere Väter verraten würden. Weil wir so weit wie möglich weg wollten. Weil wir nicht vor Morgengrauen aufstehen wollten. Weil wir dachten, das sei Freiheit. Weil wir Verräter waren.

Eines Tages, im Herbst oder Frühling (obwohl mir der Herbst lieber wäre), überquerten wir ein paar Bahndämme und Nebengleise zwischen Kozia Górka und Utrata. In den Schutthalden fanden wir einen durchgerosteten Kessel zum Wäschekochen. Wir sammelten Hölzchen, trockene Gräser und Stengel und machten damit Feuer. Der Tag neigte sich dem Ende zu. In der Ferne, jenseits des Flusses, hob sich vor dem Hintergrund der untergehenden Sonne schwarz die Innenstadt ab. Einige Hochhäuser, der Kulturpalast; ein bisschen wie im Ausland. Aber damals griff jeder Blick nach anderen Paradiesen. Wir schauten tief in die Landschaft hinein, und schon waren wir dort. Das »Wir« musst du verzeihen. Irgendwie habe ich keine Wahl. Ich weiß noch, dass es dunkler und kälter wurde. Ich brach immer wieder Hölzchen und warf sie ins Feuer. Es brannte orangerot, ringsum verdichtete sich die Dunkelheit. Altes Gras, vom Dröhnen der Züge und vom Kreosot gequälte Erde, Utrata. Und nur diese Flamme am Rande der Dunkelheit, am Rande der Nacht. Unsere Umrisse, wenn wir reglos dasaßen, müssen fast unsichtbar gewesen sein. Wo waren wir damals? Ich weiß es natürlich nicht mehr, aber mit Sicherheit nicht dort. Sicher waren wir zu einer weiteren Reise aufgebrochen, um dem Schicksal zu entgehen, um es auszutricksen. Wir stellten uns einfach bestimmte Dinge vor und waren dann mitten drin. Diese Dinge verflochten sich so sehr mit der Realität, dass später, aus der Entfernung, alles wirklich war, alles war in unsere Körper eingedrungen wie die Luft, wie das Essen und blieb dort für immer, setzte sich in den Knochen ab, kreiste im Blut.

Manchmal schalte ich den Computer ein und suche eine Karte jener Gegend. Ich klicke auf das Satellitenbild und schaue von oben. Man sieht alles, und fast alles ist wie damals. Nur die drei Wohnblocks für Obdachlose, an der Dudziarska, am Ende der Welt, sind hinzugekommen. Ich gucke von oben auf das dunkle Grün und die grauen Striche der Straßen. Ich gehe immer weiter nach unten und halte Ausschau nach der orangeroten Flamme. Aber sie erscheint nicht, obwohl ich sicher bin, dass sie da ist, dass sie im Dunkeln glimmt, dass sie dort kriecht unter der Oberfläche der Zeit, man muss nur daran denken, ab und zu trockene Gräser nachlegen, ein bisschen Holz.

Ich weiß nicht, wie es vor sich geht. Ist es ein Augenblick oder dauert es eine Zeit? Und wenn du es weißt, ist es dann so, als wäre es schon so weit? Ich hätte nach alldem fragen sollen. An jenem Tag, als wir im Morgengrauen losfuhren. Immer weiter nach Süden, und es wurde immer wärmer. Budapest hatte noch keine fertige Umgehungsstraße, also irrten wir umher, mussten darauf achten, dass wir nicht vom Weg abkamen und direkt bei der Petőfi-Brücke landeten, dann ging es den Fluss entlang nach Érd, ein Stück M 0, um endlich auf die M 7 zu gelangen. Es war noch nicht Mittagszeit. Eine junge Frau in einem kleinen Auto überholte uns. Man sah, dass sie glücklich war und aus voller Kehle sang. Gegen drei erreichten wir Ljubljana. In Rožna Dolina fanden wir das Haus von Maschas Eltern. Wir tranken Kaffee, erhielten den Schlüssel und fuhren weiter. Noch etwa hundert Kilometer, dann fällt die Erde allmählich zum Meer ab, wird kalkig und trocken. Alle möglichen Pflanzen tauchen auf, die es bei uns nicht gibt. Zypressen, Liguster, Lorbeer. In Koper lagen weiße Schiffe vor Anker. In Portorož wuchsen Palmen an der Promenade. Es war Karsamstag. Wir fuhren nach Piran. Dreißig Jahre zuvor hatten wir in Utrata ein Feuer entzündet, und wir kamen uns vor wie die Helden einer nie endenden Geschichte. Als handelte es sich um eine Platte, um Lieder, die man endlos auflegen kann, immer wieder. Und wenn sie langweilig würden, bräuchte man nur nach der nächsten zu greifen. Jetzt saß er mit müdem Gesicht neben mir. Ein Stück vor Budapest hatte er gesagt, er wisse es schon, sie hätten es ihm gesagt, es gebe eine Chance, aber – und so weiter. Es muss vor Gödöllő gewesen sein, denn gleich darauf sahen wir unten in der Ferne die große Stadt liegen. Aber ich hörte nur zu und ließ ihn mit seinem Wissen allein.

In Piran war es fast leer, kühl und hell. Maschas Haus stand direkt am Ufer. Man trat hinaus, und schon war man an der Adria. Fünfzehn, zwanzig Schritte, und die Wellen schlugen an den steinernen Kai. Ich ging in den Laden und kaufte Käse, Brot, Oliven, Kürbiskernöl, Pršut und Wein: Vranac aus Montenegro und einen dunklen, herben Teran aus dem slowenischen Karst. Ich wollte mäßig trinken, spazieren gehen, den dunkelblauen Horizont betrachten, die weißen Mauern aus der Zeit der Republik Venedig und die hier und da in Stein gemeißelten Löwen des heiligen Markus. So hatte ich mir diese zwei, drei Tage vorgestellt, fern von zu Hause, von unseren verständnisvollen Frauen, unseren Kindern und dem Trubel der Osterfeiertage. Dreißig Jahre nachdem wir zwischen den Gleisanlagen von Grochów die Vision gehabt hatten, dass das Leben uns nie verraten, nie übers Ohr hauen würde und dass alles, was es dafür erwartete, das absolute Einverständnis mit dem sei, was es bringen würde. Und wir waren einverstanden, klar, denn wir fühlten uns als Teil der Welt und als Teil der Erzählung, die wir selbst vorantrieben. Mir kam es vor, als wären wir auf direktem Wege aus dem Grochów von damals in das Piran von heute gefahren, nur dass wir jetzt einen anständigen Wagen und ein bisschen Geld besaßen und es keine Grenzen mehr gab, aber der einzige echte Unterschied war, dass wir in zwei, drei Tagen zurückkehren mussten, wie wir es versprochen hatten. Anders als damals, wenn wir aus unseren proletarischen Elternhäusern abgehauen waren, um per Anhalter quer durchs Land zu fahren, ohne Geld, ohne Schlaf, ohne Essen. Halb tot, weil wir von dem billigen Wein einen Kater hatten. Außerhalb der Zeit, deren Lauf wir erst bemerkten, wenn es zu kalt wurde, um unter freiem Himmel oder an einer Bushaltestelle auf dem Dorf zu schlafen. Einmal weckten uns Kinder in weißen Hemden. Das Schuljahr fing an. Ich dachte und stellte mir vor, dass wir nur ein bisschen älter waren und Piran die Fortsetzung unseres Lebens, alles ganz ähnlich, nur dass wir nicht mehr an der Straße standen und winkten, sondern andere mitnahmen. Die Jungs aus Podlasie-Grochów, dem ländlichen Vorstadtreich der wertlosen Wunder, zeitlich und räumlich ans Mittelmeer versetzt. Aus den engen Hinterhöfen des Ostens in den goldenen Schatten Venedigs, dessen Lichter man bei gutem Wetter in der Nacht angeblich von Piran aus sehen konnte. Das stellte ich mir vor. Und dass wir ein bisschen rausgehen würden, um die Seltsamkeit und die Ironie des Daseins zu kosten. Aber er wollte nicht. Wir aßen etwas, er trank Wein und sagte, er sei müde. Ich ging allein. Um die Landzunge mit dem Leuchtturm herum, durch das kühle Labyrinth der Gassen und Treppen, wo ich den Weg zu St. Georg fand. Die Stadt war schön und fremd. Nichts verband mich mit ihr außer der Tatsache, dass ich drei oder vier Mal hier gewesen war. Ich ging einfach spazieren, ohne etwas Besonderes zu empfinden. Die Stadt gefiel mir mit ihrem Geruch von Holzrauch, mit den Katzen auf den roten Dächern und den nach Fisch stinkenden Booten. Bei St. Georg waren mir zu viele Leute. Sie kamen hierher, um vom hohen Steilufer aufs Meer hinunterzuschauen. Ich ging weiter, auf der Suche nach ruhigeren Stellen. Die Kirchen waren geschlossen. Durch die durchbrochenen Gittertore konnte man hineinsehen. In einer und einer zweiten erklang geistliche Musik aus Geräten, die direkt auf dem Boden standen. Irgendwo, vielleicht bei Unserer lieben Frau im Schnee, sah ich eine alte Nonne, die Blumen in einer Vase zurechtmachte, in das grau-silberne Licht getaucht, das durch ein hohes Fenster fiel, ganz unwirklich. Ich wünschte mir, er könnte all das sehen, aber er war ja in dem steinernen Haus am Kai geblieben. Vielleicht schlief er, vielleicht sah er aus dem Fenster nach Südwesten, auf den flimmernden Glanz des ruhigen Wassers. Ganz allein mit dem Wissen, das ich nicht mit ihm teilen wollte. Das heißt, ich hörte zu, aber ich ermunterte ihn nicht, mehr zu sagen. Außerdem erzählte er nie von sich, jedenfalls nicht gern.

Schwer zu sagen, wann zu uns durchdringt, dass es geschehen wird. Vielleicht realisieren wir es nicht, solange es nicht geschieht? Vielleicht betrachte ich auch jetzt, da ich begriffen habe, dass es geschehen wird, dass es jeden ereilt, dennoch lieber andere als mich selbst? Will die Tatsache fortscheuchen, loswerden, ihr ausweichen? So wie damals in der Gegend von Gödöllő, als er sagte, dass er höchstwahrscheinlich in einiger Zeit sterben werde, und ich nicht darauf einging. Jedenfalls nicht direkt. Denn ich benutzte kein einziges Mal das Wort »Tod« oder das Wort »sterben«. Vielleicht tat er es auch nicht, aber er musste ja auch nicht, er wusste es einfach schon. Wir redeten über die Technik, die Medizin, die Prozeduren und versuchten, mit Hilfe dieser toten, konkreten Begriffe die Angst und das Dunkel zu zerstreuen. Aber das Wort »Tod« sprachen wir nicht aus. Budapest kam näher, der Verkehr wurde dichter, und ich ging in Gedanken die Strecke durch. Die Autobahn nutzend, die bald enden würde, überholte ich noch sooft wie möglich und schielte aus dem Augenwinkel auf sein müdes Gesicht. Das war er also. Der von heute, der von vor fünf Jahren, vor zehn Jahren, und der jener Tage damals, an die sich außer uns niemand erinnerte. Er sah müde und ein wenig grau aus und hatte abgenommen, aber verändert hatte er sich nicht. Irgendwo unter dieser Haut waren immer noch das Gesicht und das Leben von damals, von vor zehn, fünfzehn, zwanzig Jahren, Tag für Tag, nacheinander, Stunde für Stunde, Minute für Minute – das Leben, das sich von unseren Körpern nährte. Ich schaute von der Seite, er schien mir ein bisschen weniger geworden zu sein. Ein seltsames Gefühl. Nicht, dass er kleiner geworden wäre; eher als wäre er innen ein Stück leer geworden, als wäre Platz entstanden für das, was kommen, für das, was in seine Hülle eindringen sollte, was in all das eindringen würde, was er vorher gewesen ist. So dachte ich.

Über den Tartinijev trg kehrte ich zum Ufer zurück. Im Hafen, der an den Platz grenzte, lagen weiße Boote. Vor vielen Jahren habe ich hier frühmorgens eine Katze gesehen, die einen Hund von ihrer Beute vertrieb: Fischinnereien. Außerdem einen Mann in Hausschuhen, der mit einer Angel einen Fisch gefangen hatte, ihn gegen einen Stein schlug und dann nach Hause ging, um sich sein Frühstück zu machen. Jetzt bog ich rechts ab, in Richtung des offenen Meeres, weil ich den Geruch des kühlen, klaren Windes spüren wollte. Ich stellte mir vor, dass er irgendwo aus den Bergen des Atlas kam, die Pyrenäen überquerte und erst hier nachließ, über Piran, am Vorabend von Ostern. Als ich zurückkehrte, schlief mein Begleiter in dem winzigen Schlafzimmer oben. Der Vranac und der Teran waren weniger geworden. Ich räumte ein bisschen auf und war ein bisschen sauer, schließlich waren wir nicht Tausende Kilometer gefahren, um zu schlafen. Ich setzte mich und wartete, dass es Abend wurde, dass er vielleicht aufstehen und wir doch noch zusammen rausgehen würden. Ich hätte mir denken können, dass er einfach keine Kraft hatte, um ununterbrochen zu grübeln, und im Schlaf Schutz suchte. Aber ich blieb in der aufgeräumten Küche sitzen und wartete.

Was geschieht mit der Zeit, die vergangen ist? Wohin verschwinden die Ereignisse, an denen wir teilhatten? Wo zum Beispiel ist heute der Sommertag, an dem wir uns in Zagórz in den Zug setzten, nachdem wir von der Küste aus zwanzig Stunden lang per Autostopp durchs ganze Land gefahren waren? Sicher hatten wir

hier und dort angehalten, um uns in die Decke
zu wickeln und zu dösen. Oder um in eine schä-
bige Kneipe an der Straße zu gehen und ein Bier
ohne Schaum zu trinken; und die Einheimischen verstummten bei unserem Anblick auf
der Stelle. Juli, vielleicht August. Der Zug fuhr
nach Łupków. Drei oder vier alte grüne Waggons und eine Dampflok. Wir saßen ganz am
Ende des Zuges, auf den Stufen des letzten
Waggons, und rauchten. Der Geruch der Zigaretten mischte sich mit dem des Dampfes aus
der Lokomotive und mit der Hitze. 1977 oder
1978. Wir waren frei. So kam es uns vor. Was
übrigens auch egal ist. Wir hatten ein Zelt. Ein
schweres, verblichenes Leinenzelt. Und bestimmt irgendwelche Säcke, denn aus uner-
findlichen Gründen verachteten wir Rucksäcke.
Vielleicht weil alle Rucksäcke trugen? Und eine
Gitarre. Einen russischen Kasten mit sieben
Saiten und einem seltsam hohen Griffbrett. Er
spielte auf ihr, sobald wir irgendwo saßen.
Amerikanische Musik auf einer russischen, das
heißt sowjetischen Gitarre. Aber die amerikanische Musik war links, also passte sie auf surrea-
listische Weise zu der Gitarre. Woody Guthrie,
Pete Seeger, der frühe Bob Dylan. Wir waren

aus Arbeiterfamilien und zugleich ein bisschen vom Dorf, und so fanden die Dinge und Ereignisse ihren verborgenen Sinn. Wir waren im Schatten Sowjetrusslands geboren, doch unsere Phantasie nährte sich vom linksgerichteten volkstümlichen Amerika. Der Zug war leer. Drinnen hing ein Geruch nach schwarzem Tabak, alter Pisse und Staub. Das war der Geruch der Freiheit. Wir stiegen in Komańcza aus und campten wild, direkt an der Landstraße. Kein Mensch dort. Wir waren schläfrig. Er klimperte auf der Gitarre, und ich schlug das Zelt auf. Es hatte ein Loch. Früher musste es mal orange gewesen sein. Am nächsten Tag wollten wir in die Berge. Einfach nach Osten. Wir hatten so gut wie nichts dabei. Ich ging in einen Laden und kaufte ein Küchenmesser mit gelbem Plastikgriff. Und Brot, weil wir Hunger hatten, und einheimischen Wein, denn wir wollten immer noch trinken. Wir machten ein Feuer. Außer uns war niemand da. Ein bisschen Müll, zwei, drei Rechtecke aus niedergetretenem Gras – Andenken an die vorherigen Camper. Manchmal fuhr auf der Straße ein Auto vorbei und hinterließ einen Schwaden Benzingeruch, der sich mit dem Duft von gemähtem Heu aus dem

Dorf vereinigte. Also muss es Juli gewesen sein. Am Nachmittag kamen zwei Männer. Dunkelhäutig, sehnig, untersetzt. Die Tätowierungen waren auf der braunen Haut kaum zu sehen. Sie hatten eine Tasche voller Wodkaflaschen. Die Gitarre lockte sie an, sie setzten sich zu uns. Wild und furchterregend sahen sie aus. So kam es uns vor. Wir verstanden nicht ganz, was sie redeten. Am Morgen waren sie aus dem Gefängnis von Łupków entlassen worden. Sie schenkten Wodka ein und wollten ständig *The House of the Rising Sun* hören. »Im Gefängniskrankenhaus, in einem vergammelten Bett, stirbt ein unbekannter Junge.«* Das musste er ununterbrochen spielen. Etwas anderes wollten sie nicht hören. Weder *Midnight Special* noch *Worried Man Blues* noch *Take This Hammer*, obwohl das genauso von ihnen erzählte wie *The House of the Rising Sun*, vielleicht sogar noch mehr, denn das Gefängnis in Łupków bedeutete damals Arbeit in den Steinbrüchen, also Zwangsarbeit, gleichmäßiges Klopfen der Hämmer – die reinste Katorga-Romantik. Aber das ahnten wir nicht, und

---

* Diese Worte stammen aus der polnischen Variante des Liedes, die mit dem englischen Originaltext nichts zu tun hat. (A.d.Ü.)

wir hatten ein bisschen Angst vor ihnen, obwohl sie nur zuhören und ihren Wodka mit uns teilen wollten. Wir waren Schöngeister und glaubten, das verfluchte Volk auf Erden sei schwarz, lebe ausschließlich in Amerika und mache dort seine Lieder. Indessen saß es vor uns, auf der nackten Erde, braungebrannt und drahtig von der Arbeit im Steinbruch. Wir schliefen dann ein, um kurz vor Anbruch der Nacht wieder aufzuwachen, nass vom Tau, am erloschenen Lagerfeuer. Die Männer waren nicht mehr da. Sie waren aufgebrochen, um weiter durch dieses seltsame Land zu ziehen, wo sich damals alle ein bisschen wie Verbrecher fühlten. Auch wir. Im Zug, auf der Straße, weitab von den ausgetretenen Pfaden fühlten wir uns wie Geächtete, wie Vogelfreie. Weil wir unserem Schicksal entwischen wollten, das fix und fertig auf uns wartete, weil wir Verräter waren. Wir krochen ins Zelt und schliefen bis zum Morgen. Zum Frühstück aßen wir das Brot und gelangten durchs Dorf an die Osława, dann gingen wir flussaufwärts, die Gleise der Schmalspurbahn entlang. In den Schattenflecken glitzerte Tau. Vom Fluss her roch es nach schwerer, kühler Luft. Den Weg kannten wir nicht. Wir wollten einfach so weit wie möglich den Berg hoch, bis auf die andere Seite. Wir kannten keine Namen, hatten keine Karte. Ich glaube, wir verachteten sogar diejenigen, die Rucksäcke, schwere Stiefel, Karten, Vorräte und irgendwelche Kenntnisse besaßen. In einer Flussbiegung, mitten in der Strömung, stand ein nackter Mann auf einem Stein. Mit dem Rücken zu uns. Er wusch sich, indem er sich aus einem Gefäß mit Wasser übergoss. Ringsum nur Wald. Wir sahen weder irgendwelche Kleider noch Gepäck. Als wäre er einfach aus dem Dickicht aufgetaucht. Dieses Bild hat sich mir für immer eingeprägt, und ich glaube, es hat in gewisser Weise mein Leben beeinflusst. Am Nachmittag fiel starker Regen, wir irrten irgendwo an den Hängen des Chryszczata herum und wurden von der Dunkelheit überrascht. Regenzeug hatten wir nicht dabei. Irgendwann sahen wir ein Licht, eine einzelne Glühbirne über einer Tür. Es war eine Unterkunft von Waldarbeitern. Alle schliefen schon. Sie sagten, wir sollten uns auf die Pritschen legen. Sie waren trocken, warm, rochen nach Harz, Benzin und Mensch. Als wir aufwachten, waren die anderen Betten schon leer. Durchs Fenster fielen tiefe, schräge Sonnenstrahlen, und der ganze Raum sah aus wie aus Gold.

Abends wachte er auf, und ich schlug vor, raus-
zugehen, etwas zu essen, ein bisschen zu ent-
spannen. Er war einverstanden. Wir traten in
das Halbdunkel und die Feuchtigkeit der schma-
len Sträßchen. Wie immer roch es nach Katzen-
pisse, Fisch und nach alten Dingen. Der Wind
vom Meer drang ins Innere der Stadt nicht vor.
Ich wollte ihm alles zeigen. Die Wellen schau-
kelten, und in den Steinplatten des Kais spiegel-
ten sich gelbe Lichter. Aber er wirkte so zerbrechlich, unsicher, lief irgendwie seitlich. In
der Mitte, aber auch an der Wand. Fast wie ein
Schatten. Als wäre er nicht aus Fleisch und Blut.
Ich sagte etwas, aber es ging unter. Er hörte es,
aber er hörte nicht zu. Er ging neben mir, aber
es war jetzt anders als früher, wo wir uns immer
fast wie Zwillinge bewegt hatten. Ich sagte: Lass
uns in den Delphin gehen. Er stimmte zu, aber
wie aus der Ferne oder wie aus der Tiefe, irgendwie mechanisch. Der Delphin, gleich am Platz
des 1. Mai, war in Ordnung. Dorthin gingen die
Einheimischen. Fünfzigjährige Paare, die aussahen wie beim ersten Rendezvous. Eng, stickig,
Bratgeruch, an den Wänden Fischerei- und
Meereskram. Ich weiß nicht mehr, was wir be-
stellt haben. Vielleicht Tintenfisch, mit Sicher-

heit Fisch und Salat und höchstwahrscheinlich
Malvasia, das heißt einen einheimischen Weißwein. Ich redete und redete, an diesem Tisch in
der rechten Ecke. Als wollte ich alles wegreden.
Plötzlich stellte sich heraus, dass sich alles verändert hatte. Wir würden uns trennen, und weder er noch ich waren daran schuld. Zum ersten
Mal hatte das Leben uns ausgetrickst. Ja. Er
dachte schon an den Tod, und ich Klugscheißer
noch nicht. Wir saßen in der Ecke. Das Licht
war gelblich. Die Einheimischen in alten Anzü-
gen und Kleidern wie an Silvester. Sie schauten
hin und wieder herüber. Wir redeten beide
dumm daher. Versuchten zu entkommen. Die
Jungs aus Grochów, durch eine Laune plötzlich
ans Mittelmeer versetzt. Hinterwäldler, die erst
mit der Zeit gelernt hatten, auf ihre Herkunft
stolz zu sein. Panierter Fisch, vielleicht Tintenfisch, ich weiß es wirklich nicht mehr. Mit Sicherheit Weißwein. Mit Sicherheit mehr als der
Verstand gebot. Er war blass und gelblich wie
das Licht dort. Vor der Wand in der Ecke. Wie
abgehetzt. Als wäre er tausend Kilometer gefahren, um sich zu verstecken. Ich schaute ihn an
im Restaurant Delphin in der Stadt Piran und
sah, dass er zerbrechlich geworden war; er erin-

nerte an einen Vogel, der die Kraft verloren hat. In der Stadt Piran, auf italienisch Pirano.

Jetzt greife ich mit der Erinnerung so weit wie möglich zurück. Er hat eine braune Wildlederjacke an. Von der Trommel angelockt, kommt er in die Klasse. Ich versuche unbeholfen, einen Rhythmus zu schlagen. Zum ersten Mal sitze ich hinter einem richtigen Schlagzeug. Er kommt herein, schon an der Tür lächelt er, als hätte er das fehlende Stück eines Puzzles gefunden. Nach fünf Minuten verlassen wir den Raum, um uns für die folgenden Jahre nicht mehr zu trennen. Um durch die Straßen der dunklen Stadt zu traben. Um Schneisen ins Dickicht zu schlagen, auf der Suche nach wildwachsendem Cannabis. Auf der Suche nach Ereignissen, auf die wir lauerten in den Fallen der gestohlenen Tage. Grochów. Zuerst Grochów. Żerań. Straßenbahnlinie 21: das Rückgrad des proletarischen Pragas. Die Typen im Zagłoba, die Typen im Grochowski, die Typen im Oaza, wie die Schatten unserer Väter. Als spielten wir ein Spiel. Wir gingen zu ihnen, bestellten Bier, wir standen neben ihnen, aber sie konnten uns nicht erkennen. Dann gingen wir wieder. Immer in Bewegung, immer unterwegs, tief im Dunkel der Stadt; das Echo von zerschlagenem Glas in der Nacht, die Schreie, kaum menschlich, fast schon tierisch, wie in einem kühlen Dschungel, der im Herbst nach verbrannten Blättern roch. Wie in einem Labyrinth, dessen Form und Größe schwer zu bestimmen ist. Kobielska, Podskarbińska, Grenadierów, Dziekie Pola, mit dem Gefühl, dass der warme und weiche Raum unter dem Druck unserer Körper nachgibt und wir bis ganz ans Ende gehen können, das nie kommen wird, weil wir durch die Unendlichkeit gehen. Später hatte er eine schwarze Motorradjacke mit schrägem Reißverschluss, um die ich ihn beneidete. Er war kleiner, etwas zierlicher, ich sah darin aus wie ein Clown. Ja. Etwas passiert mit der Zeit. Immer mehr. Die Ereignisse von früher sind so deutlich wie die jüngsten. Sie schimmern, scheinen durch. Und jetzt, da ich an sie denke, geschieht alles gleichzeitig. Die früheren schwimmen an die Oberfläche, die dunkle Tiefe öffnet sich, und schon sind sie da. Vielleicht ist nie etwas verlorengegangen? Und kehrt jetzt wieder? Die Szaserów und dann die Wiatraczna ganz bis zum Ende? Bis hinter die Gleise?

Wie ist das also – alles existiert weiter, und wir werden immer einsamer? Wie er, mit jedem Tag. Das denke ich, denn man kann ja schlecht den schleichenden Tod mit jemandem teilen. Wenn man einfach nur mit ihm gelebt hat. Im Laufe des folgenden Jahres rief ich ihn öfter an als gewöhnlich. Aber nur, wenn ich irgendwo durch die Landschaft fuhr. Auf Reisen von fünf, sechs Tagen. Durch eine fremde Gegend, durch Schlesien, Großpolen, wo wir nie zusammen gewesen waren. Ich erzählte ihm, was ich sah, sagte ihm, es sei dreckig, der Asphalt sei aufgeplatzt, und alle führen wie die Idioten. Ich versuchte ihn aufzuheitern. Aber immer nur unterwegs. Damit es nicht passieren konnte, dass wir beide dasaßen, an den zwei Enden der Verbindung, unbewegt, nur auf unsere Gedanken angewiesen, auf dieses Vakuum im Kopf, im Herzen, in der Seele, auf dessen Grund das Unaussprechliche lauerte. Ich wollte diese Angst nicht spüren. Also schwallte ich in die dröhnende Leere der Telefonzelle. Dass ich fahre, dass man ja immer noch fahren kann, dass die Kilometer vergehen, dass grauer Schnee fällt und es glatt wird irgendwo vor Lubin; spätherbstlicher Siff, und nach fünf Stunden Fahrt in die ewige

Dämmerung wird man ganz einfach blind. Ich redete, damit er sich diese Fahrt vorstellen konnte, dieses Sich-Verlagern, das Gleiten des Raums auf der Haut, das wir so liebten, ohne das wir nicht leben konnten. Kinder aus dem armen Grochów, Söhne dieses engen Landes, aus dem es keinen Ausweg, keine Flucht gab, denn auf der einen Seite war der Iwan, auf der anderen die Deutschen, und wir kreisten wie Falter um das Licht, das unsere Köpfe, unsere Herzen und Seelen ausströmten. Wir fuhren einfach im Kreis und erklärten damit den Iwan und die Deutschen und das arme Grochów für ungültig, wir irrten im goldenen Nebel, verfangen im leuchtenden Garn unseres Geistes. Dafür schäme ich mich keineswegs. Das wollte ich ihm sagen, wenn ich durch den wirbelnden Schnee fuhr, durch das schwarze Licht, durch den schmutzigen Glanz des Landes, das wieder frei war. So redete ich ohne Ende, um ihn zu zerstreuen oder zu unterhalten. Vor allem aber, um ihn nicht zu Wort kommen zu lassen; weil ich ein Feigling bin.

Am Ostersonntag sahen wir vom Fenster aus, wie Sporttaucher in schwarzen Spezialanzügen vom Kai aus ins Wasser gingen. Drei oder vier Taucher, um zehn Uhr morgens. Es war grau. Wir lagen lange in den Betten. Hatten keine Lust zu reden. Wir hatten einen Kater vom Weißwein im Delphin und vom Rotwein hinterher. Irgendwie raffte ich mich auf und ging los. Ein kaltes, feuchtes Ostern mit einem Beigeschmack von Metall. Eigentlich hätten wir nicht so weit zu fahren brauchen. Das hätten wir auch an Ort und Stelle haben können. Im schlimmsten Fall ohne Sporttaucher. Ich streunte herum. Mir kam weder die Auferstehung des Leibes noch die Auferweckung von den Toten in den Sinn. Ich machte mir nur Sorgen, dass wir nicht in eine Drei-Tage-Sauferei verfielen, denn am nächsten Tag mussten wir wieder tausend Kilometer zurückfahren. Wir waren nicht mehr die Alten. Ein oder anderthalb Jahre zuvor waren wir aus Ungarn zurückgefahren. Die Nacht brach herein, und ich sollte das Steuer übernehmen, die restliche Strecke bis nach Hause. Wir hielten an einer Tankstelle. Er wollte sich Palinka kaufen. Nach ein paar Minuten kam er zurück und fragte, ob er mir meine Lesebrille leihen könne. »Ich kann im Regal die Ölflaschen nicht von den Schnapsflaschen unterscheiden«, sagte er. Wir waren wirklich nicht mehr die Alten, ewig suchten wir in den Taschen dieses und jenes, das Portemonnaie, die Schlüssel, das Handy und eben die Brille. Tasten, Abklopfen, Resignation. Alles wurde zu viel, und wir wurden gleichsam weniger. Aber zu diesen scheinbar ziellosen Reisen brachen wir nach wie vor auf, immer wieder, durch drei, vier Länder. Auf der Suche nach den Schatten, auf der Suche nach der Vergangenheit oder, um die Gegenwart oder die Zukunft herauszufordern. Oder um uns zu unterhalten ohne die Notwendigkeit, einander gegenüberzusitzen, einander anzusehen, ohne die Momente der Stille, in der man den eigenen Atem hört. Zwei-, dreimal im Jahr liefen die Kilometer, die Landschaft, die Platten im CD-Player. Jetzt wieder, weitere tausend Kilometer. Aber schweigend, denn wir hatten keine Kraft und keine Lust zu reden.

Als ich nach einer oder zwei Stunden zurückkam, wollte er sich gerade zu einem Rundgang aufmachen. »Dann geh ich mal«, sagte er. Er tat es ungern, mit schweren Schritten. Sein Gesicht war grau in diesem Osterlicht und auch vom Wein, den er langsam, aber stetig trank und der ihn nicht für einen Augenblick anregte.

Eher verursachte er ihm Schmerzen, setzte sich in den Adern ab und verbrannte ihm die Nerven. O Gott, als hätten sie dir Formalin gespritzt, dachte ich. Er schloss die schmale, verglaste Tür hinter sich und ging die Stadt anschauen, die ihm gleichgültig war. Ebenso wie mir, aber ich erinnerte mich immerhin an den ersten Aufenthalt und an meine Begeisterung, weil mich nichts von dem trennte, was ich vorfand. Ich sah, wie er beim Gehen den Kopf gesenkt hielt, als ginge er gegen den Wind. In die Landschaft hinein, als wollte er sie so schnell wie möglich überwinden, auf die andere Seite gelangen, mitten durch dieses kalte Ostern hindurch.

Wo wolltest du damals sein? Wohin bist du gegangen? Die Garwolińska bis ans Ende, dann rechts durch die Makowska die Gleise entlang Richtung Olszynka? Wenn wir entwischen wollen, kehren wir dann immer zurück? Rollen uns zusammen wie ein Embryo? Damit wir so wenig wie möglich sind, damit wir keinen Platz brauchen, dem Nichts keinen Widerstand entgegensetzen? Ich weiß es nicht.

   Ich rufe mir in Erinnerung, dass der erste topographische Name, den ich mir merkte, der

Plac Szembeka war. Wir wohnten in der Grochowska, ein paar Hausnummern von diesem Platz Richtung Wiatraczna. In einem Zimmer mit einem Kohlenherd in der Ecke links von der Eingangstür. Im Parterre. Das einzige Fenster ging auf den Hof. Ich saß stundenlang dort und schaute mir das Leben an. Da brachte jemand den Müll weg, jemand ging zu dem hölzernen Scheißhäuschen, jemand holte mit Eimern Wasser. Die Kinder wirbelten pausenlos herum. Die Jungs auf den geteerten Dächern der Kohleschuppen. Von Zeit zu Zeit ging ein Fenster auf, und jemand vertrieb sie mit einem Schrei. Braun das Holz, schwarz der Teer, grau der Beton oder auch Sand im Hof. Ich saß stundenlang da, denn ich war vier, und meine Mutter fand, da draußen sei es für mich noch zu gefährlich. Den Plac Szembeka merkte ich mir als ersten Namen eines Teils der Welt. Auf dem Szembeka dies, auf dem Szembeka jenes, neben dem Szembeka, hinter dem Szembeka ... Als sei er das Maß aller Dinge. Dort stand eine Kirche. Mitten auf dem Platz, grau, Vorkriegsmoderne. Eine Variation auf die Gotik. Vielleicht ist mir der Name Szembek durch den fremden Klang in Erinnerung geblieben. Wir gingen jeden Sonntag. Zu dritt, ich in der Mitte. In weißen Strumpfhöschen, mit Baskenmützchen. Sicher hielt ich meine Eltern an den Händen. Über einige Stufen betraten wir die Kirche. Ich kann mich des Eindrucks nicht erwehren, dass ich allein gewesen bin, dass sie gar nicht mit dort waren; Mutter und Vater waren nicht da, nur ich und dieser Raum. Die Menschen habe ich vergessen. Nur der Eindruck des hohen Kirchenschiffs ist geblieben. Auch an die Langeweile kann ich mich nicht erinnern oder an die Kühle. Der Hinterhof mit dem Scheißhäuschen und dem Trubel, vom Fenster aus beobachtet, und die menschenleere Kirche, das sind meine frühesten Erinnerungen an Grochów. Ich sehne mich keineswegs nach ihnen, aber andere werde ich nicht haben. Auf der anderen Seite der Grochowska, in der Zamieniecka, war ein Markt. Nicht weit davon gab es eine Konditorei mit Wandmalereien, die große schlanke Neger darstellten, auf einem gelben Wüstenhintergrund. Aber es kann genauso gut ein Strand gewesen sein. Wenn ich heute den Geruch dieses Raums in die Nase bekäme, würde ich ihn sicher erkennen. Die Körper der Neger hatten die gleiche Farbe wie die Berliner in der Glasvitrine. Deshalb dachte ich, die Afrikaner seien im Grunde essbar und schmeckten süß. Später ging ich mit meiner Mutter in den Park. Ich ganz nah an der Erde, im Dickicht, als müsste ich mich durchschlagen. In den schmiedeeisernen, viereckigen Schächten gluckerte das Wasser und schwappte über den Rand. Innen waren Ventile mit runden verzierten Hähnen. Die Gärtner schlossen hier Schläuche an. Das Wasser ergoß sich ringsum und bildete Pfützen. An heißen Tagen strömten sie Kühle aus. Viel mehr als diese bodennahe Perspektive mit den dunklen Wasserspiegeln und dem Kies auf den Wegen ist mir nicht im Gedächtnis geblieben. Und ähnlich wie in der Kirche habe ich auch hier keine Anwesenheit von Menschen in Erinnerung. Nur den warmen, herben Geruch von Hitze und Fäulnis.

Ganz Grochów roch so. Überall machte sich nichtgejätetes Unkraut breit, wucherte Brachland. Das Dorf war zu Ende, aber nichts fing an. Baracken, verblichene Dachpappe, alles flach. Die Stadt erhob sich in der Ferne. Von den hohen Bahndämmen in Olszynka sah man die rote untergehende Sonne und den schwarzen Umriss des Kulturpalastes. Aber das war später.

Jetzt ging ich an der Hand meiner Mutter spazieren. Sie hatte Angst, dass ich verlorengehen, dass die Zigeuner mich holen, dass diese Stadt aus zweistöckigen Häusern an der Hauptstraße und einem Gewirr von Sträßchen dahinter mich verschlucken könnte. Die schattigen, stillen Gassen sahen aus wie die Peripherie einer Provinzstadt. Daher hatten sie übrigens auch ihre Namen: Biłgorajska, Stoczkowska, Łukowska, Lubartowska, Nasielska, Pułtuska, Serocka. Die Migranten der Nachkriegszeit, das Kanonenfutter der Industrialisierung und des Kommunismus, fühlten sich dort wie zu Hause. Als wären sie nie aus dem wirklichen Biłgoraj, dem echten Lubartów, dem tatsächlichen Serock weggefahren, als hätten sie das Herz und den Kern des Landes nie verlassen. Man musste nur von der Grochowska abbiegen, und es war wie in Sokołów. Aber Mama hielt mich an der Hand, damit ich nicht verlorenging. Im Herbst kamen Wagen, vor die schwere Pferde gespannt waren. Die Hufeisen schlugen Funken auf dem Kopfsteinpflaster. Man konnte Kartoffeln und Kohle kaufen. Ich war fünf Jahre alt und einsam. Ich horchte auf das Hundegebell in den Gärten. Im Winter roch die Luft nach Kohlenrauch. An frostigen Tagen war dieser Geruch berauschend. Wie der Gestank der Zersetzung im Sommer.

Elf Jahre später, als ich wieder dort war, gingen wir auf den hohen Bahndamm in Olszynka. Wir schauten nach Westen, auf den schwarzen Scherenschnitt der Stadt und die rote Sonne. Nach Osten, auf die grauen, vom Regen glänzenden Rücken der Züge. Manche der Waggons sollten angeblich ganz Asien bezwingen und erst an der pazifischen Küste anhalten. Wir standen da und betrachteten bald die Stadt, die eine Art Westen für uns war, bald den herbstlichen Nebel, hinter dem irgendwo bei Mińsk Mazowiecki die Steppe begann. Wir legten Hölzchen nach im alten Kessel und fühlten uns wie Schiffbrüchige auf einer unbewohnten Insel. Angst hatten wir nicht, wir empfanden nur Freude; fern der Welt konnten wir uns unseren Phantasien hingeben und uns nach ihr sehnen. Denn Olszynka und Grochów und dieses ganze Land lagen irgendwo dazwischen. Weder hier noch dort. Ständig erinnerte es an etwas. Es weckte Sehnsucht, die ins Herz eindrang wie eine feine Nadel, Linderung brachte und betäubte. Laudanum.

Am ersten Weihnachtsfeiertag vor jenem Ostersamstag waren wir nach Budapest gefahren. Schnee lag damals nicht, es war nur neblig. Auf den Pfosten der Umzäunungen an der Autobahn saßen Raubvögel und warteten auf Beute. Ein kalter Wind wehte. Auf einem leeren Parkplatz zog ich lange Unterhosen an, weil ich mir sagte, in der Stadt würde das schwierig werden. Wir erreichten Budapest gegen elf. Es war leer und grau. Kaum Autos, kaum Menschen. Wir ließen das Auto unweit vom Heldenplatz in der Dózsa-György-Straße stehen und gingen Richtung Ostbahnhof. Ich wollte ihm den Kerepesi-Friedhof zeigen, der einer Stadt in der Stadt glich, mit Grabmälern wie Häuser und Wegen wie Straßen. Sogar Autos durften hier fahren, und an diesem Weihnachtsfeiertag war hier mehr Verkehr als in Budapest. Die Leute räumten auf, stellten Blumen hin, in den Autos hatten sie Eimer und Kehrbesen. Wer nicht saubermachte, ging spazieren. Ganze Familien waren unterwegs. Wir gingen weiter in die Stadt hinein. Sicher sind wir durch die Rákóczi gegangen, dann die Károly und die Andrássy, um schließlich im Művész einen Kaffee zu trinken. Oder sind wir von der Rákóczi auf die Erzsébet abgebogen, und es war dort, am Blaha-Platz, wo die Obdachlosen eine Art Kundgebung abhielten? Ich weiß nicht mehr. Wir waren allein, also kann ich mir die Orte und Ereignisse ausdenken. Jedenfalls waren wir gefahren, um einfach durch die Stadt zu streifen, solange wir Kraft dazu hatten. Die Stadt war groß, dunkel und kalt. Die oberen Stockwerke der Häuser verschwanden im Nebel. Außer uns überquerten nur ein paar japanische Touristen die Kettenbrücke. Dick eingemummt, die Kapuzen auf dem Kopf, die Rucksäcke auf dem Rücken, sahen sie aus wie verlorene Eskimos. Und wie sahen wir aus? Kurze Jacken, irgendwelche Latschen, als wollten wir Zigaretten holen gehen. Wie vor zwanzig Jahren auf dem Weg zum Kiosk Ecke Garwolińska und Szaserów und dann über die unbebaute Fläche Richtung Prochowa, Paca und Nizinna. Fast im Laufschritt gingen wir über die Kettenbrücke, um nicht zu erfrieren. Ein eisiger Wind wehte. Wir kehrten um. Wie durchgefrorene Schatten. Fast wie früher, wenn wir lange durch die Nacht streiften, mit einem Flämmchen Alkohol im Herzen. Vielleicht war die Zeit gar nicht vergangen. Vielleicht hatten sich nur die Umstände geändert. Dinge und Ereignisse sind an uns vorbeigezogen, haben uns angerempelt, herumgestupst, mitgerissen, aber wir sind immer dieselben geblieben. Ist es vielleicht das? Wir kehrten also um, gingen wieder in die Andrássy, nach links, über den Oktogon und dann die ganze Zeit geradeaus bis zum Auto, wo es endlich zu wehen aufhörte. Wie ist das also? Sterben wir, kaum verändert? Kaum angebrochen? Weil wir keinen Unterschied zwischen uns damals und uns jetzt finden können? Und wenn der Tod kommt, wissen wir nicht, wie wir uns verhalten sollen? Weil er unsere Tage und unser Schicksal nicht mit uns geteilt hat? Weil er sich ins gemachte Nest setzen will.

Hinter Miskolc winkte jemand im Dunkeln, wir nahmen ihn mit. Es war ein Junge, er wirkte etwas verunsichert, als wir sagten, wir seien keine Ungarn. Aber wir kannten den Ortsnamen, den er genannt hatte, und wiederholten ihn, um den Jungen zu beruhigen. Damit er sich nicht so einsam fühlte, suchte ich Radio Bartók oder Radio Petőfi, und er konnte eine halbe Stunde lang seine Muttersprache hören. Geduckt saß er hinten. Es kam mir vor, als hätte er das dunkle Gesicht eines Zigeuners. Er roch nach Zigaretten. Vor Miskolc hatte ich mit meinem Begleiter das Steuer getauscht, jetzt beobachtete ich aus dem Augenwinkel, wie er fuhr. Leicht gebeugt, als spürte er das Rasen des Raums auf der Haut, als wollte er möglichst geringen Widerstand leisten. Wenn er überholte oder aus einer Kurve heraus beschleunigte, beugte er sich noch mehr vor, die rechte Hand an der Gangschaltung, leicht zur Seite gedreht, die linke Schulter etwas nach vorn geschoben, dem Wind ausgesetzt. Als ich mit Autofahren anfing, ahmte ich ihn unbewusst nach. Denn er fuhr schon immer, seit ich denken konnte. 1976/77 schaute ich aus dem Fenster des zweiten Stocks der Schule zu, wie er auf der Probebahn der Fabrik fuhr. Die Bahn war aus Beton, oval und einige Kilometer lang. Die Kurven hatten ungewöhnliche Winkel, man ging hinein, ohne den Fuß vom Gas zu nehmen. Das war sein Job. Er setzte sich ins Auto und fuhr. Er prüfte den Fiat 125p. Die Wagen standen an der Stalingradzka. Hunderte von Autos unter freiem Himmel. Wenn es regnete, glänzten ihre Dächer wie bunte Kacheln. Ich fragte ihn, um wie viel Uhr er fahre und mit was für einem Auto. Wir verabredeten zum Beispiel: zwischen eins und

zwei mit einem roten. Ich ging ins zweite Stock-
werk und schaute zu, wie er eintönig seine Ellip-
sen drehte. Drei, vier Minuten für eine Runde.
Manchmal fuhren ein paar Autos gleichzeitig.
Sie jagten sich, obwohl das nicht erlaubt war.
Meist war es am Nachmittag, während der zweiten Schicht, wenn ich in der Werkstatt arbeitete.
Ich verdrückte mich dann aus der Halle mit den
Werkzeugmaschinen und ging nach oben, um
zu gucken. Jenseits des Flusses schimmerten
weiß die Türme des Kamedulenklosters. Die
Brücke gab es noch nicht, der Blick war frei und
schön. Ich öffnete das Fenster, um die Motoren
zu hören. Ein rotes Auto, ein gelbes, ein graues.
Sie tauchten auf und verschwanden wieder.
Vom Fenster aus war nur ein Teil der Bahn zu
sehen und das Ende einer Kurve. Ich beneidete
die Fahrer. Auf gerader Strecke fuhren sie hun-
dertzwanzig, hundertdreißig. In den Kurven
fast genauso schnell, denn die Schräge der Bahn
glich die Fliehkraft aus, die sie in die Sitze
drückte. Darum habe ich ihn 1976/77 beneidet.
Mit Schmiere versaut, getränkt mit dem Gestank von heißem Öl und Metall, stand ich da in
meinem kurzem Drillich und sah ihn dahin-
jagen wie auf einem amerikanischen Highway,

und wenn es in der Dämmerung regnete, zogen die Rücklichter eine rote Fata Morgana durch die Luft. Nach ein paar Minuten musste ich zurück zu der öden Quälerei an den Drechsel-, Fräs- und Schleifmaschinen. Meistens waren es alte sowjetische. Alle hellgrün angestrichen. Wir mussten schwarze Baskenmützen aus Filz und schwere Schuhe tragen. Ich starb fast vor Langeweile. Die Fabrik wollte sich von unseren Körpern nähren. Von unserem Fleisch. In einem oder zwei Jahren sollten wir wie unsere Väter kurz vor fünf aufstehen und in der eisigen Dunkelheit zu den gefräßigen Toren fahren. Die spiralförmig gedrehten Späne unter den Drechselmessern, scharf wie Rasierklingen, schillerten in allen Regenbogenfarben. Öl. Metallgestank. Der scharfe Geruch der Funken unter den Korundscheiben. Kurz vor fünf aufstehen, um den ganzen Betrieb in Gang zu setzen. Die Fabrik zog sich kilometerweit hin, Tausende von Maschinen warteten auf das unausgeschlafene Proletariat. Ich starb vor Angst bei dem Gedanken, dass ich so enden würde. Ich musste ein Verräter werden, um zu überleben. Am Abend nahm ich die Zigaretten und ging durch die menschenleeren Stockwerke der Schule. Ich öffnete das Fenster, steckte mir eine an und blies den Rauch in die Dunkelheit. Wir hatten abgemacht, dass er Punkt sieben ein paarmal aufblenden würde. Er verschwand, ich sah ihn wieder aus der Kurve kommen, dann blieb nur der rote Lichtschein. Ich stellte mir vor, dass die Bahn sich entfaltet, zur Geraden wird und sich in eine Straße verwandelt, die in die Tiefe der Nacht führt. Dass wir zusammen fahren in diesem der Fabrik, unseren Vätern, unserem Schicksal gestohlenen Auto. Die Fiats hatten damals Tachos in Form einer waagerechten Skala. Der rote Strich bewegte sich wie gefärbtes Quecksilber in einem liegenden Thermometer. Das machte Lust zu beschleunigen: hundert, hundertfünfzig, zweihundert, dreihundert, unendlich ... Ich rauchte, bis ich spürte, dass ich mir die Finger verbrannte. Dann ging ich die abgenutzte Treppe aus Terrazzo hinunter. Die Maschinenhalle war im Erdgeschoss. Das ganze Gebäude schien zu vibrieren. Bohrer, Drechselmesser und Fräsmaschinen versenkten sich ins Metall und förderten die Formen zukünftiger Mechanismen zutage. Wir sollten Arbeiter sein, wir sollten die Materie gestalten. Aus unförmigen, mit Rost überzogenen Klumpen sollten wir

Formen hervorholen. In der Fabrik konnte ich stundenlang zusehen, wie die Schmiede arbeiteten. Der mechanische Hammer hatte die Höhe eines einstöckigen Hauses. Der Schmied hielt mit einer Zange ein orangerotes Stück Metall und steuerte mit einem Pedal den Hammer. In wenigen Sekunden wurde eine beliebige komplexe Form geschaffen. Der Hammer fiel mit der Kraft einiger Tonnen herab, dann wieder streifte er nur leicht die Oberfläche, um ihr die endgültige Gestalt zu verleihen. Das Innere der elektrischen Öfen leuchtete in hellgoldenem, fast weißem Licht. Fußboden, Wände, die ganze Fabrik bebte von den Erschütterungen. Als wäre etwas Urzeitliches im Anzug, als käme etwas aus der Tiefe der Erde. So hätten die Schritte des Weltproletariats klingen können, wenn es nicht betrogen und verraten worden wäre. Wie unsere Väter. Sie gingen morgens aus dem Haus und kehrten mit jedem Jahr deprimierter und gebrochener zurück. So kam es uns vor – als wären sie in ihrem Leben gefangen wie Insekten in Bernstein. Ringsum war alles durchsichtig, sichtbar, aber sie vermochten sich nicht zu rühren. Am ersten jedes Monats brachten sie Geld nach Hause. Sie setzten sich an den Küchentisch und breiteten die Banknoten aus. Ihre Frauen betrachteten schweigend die Scheine. Dieses Rechnen hatte etwas Peinliches. Die Bitterkeit des Scheiterns. Die Banknoten waren damals größer als heute. Auf der Rückseite des roten Hundert-Zloty-Scheins war eine Fabrik zu sehen. Wahrscheinlich ein Hüttenwerk, aber im Grunde eher die Fabrik an sich, eine symbolische Fabrik. Aus den Schornsteinen stieg grauer Rauch. In einer weißen Dampfwolke rollte eine bauchige Lokomotive. Das Bild war von einem unbestimmten Grauen erfüllt. Vielleicht wegen dieses rauchigen Rots. Im Hintergrund tat sich ein lichter Himmel auf, das war noch beunruhigender. Als ich sieben war, dachte ich, die Fabrik bezahle meinen Vater mit Bildern von sich. Eigentlich war das gar nicht so weit von der Wahrheit entfernt, denn wenn dieses Geld einen Wert hatte, dann nur dort, wohin der dunkle, schwere Schatten der Fabrik reichte. Man konnte es nur dafür ausgeben, die schwächer werdende Kraft aufrechtzuerhalten. Für Brot, Zucker, billiges Fleisch, damit der Körper im Morgengrauen nicht den Dienst versagte, wenn man aufstehen und in die Kälte hinausmusste. Die Massen, die morgens den Bauch der Fabrik betraten, hatten etwas Monströses. Es war, als gingen sie in ihren Untergang, als würden sie verschlungen. Unsere Väter. Sie gingen in dieses Beben, das Erde und Luft durchdrang. Man konnte sich vorstellen, sie seien nackt, nackt und blass unter Tausenden anderen. So wehrlos waren sie. In Fleisch verwandelt. So ratlos, wenn sie die Häufchen roter, abgenutzter Banknoten brachten. In den Knicken, den feinen Ritzen sammelten sich die Spuren der Berührungen. Schwarze Schmutzadern. Wie auf der verbrauchten Haut. Nicht zu entfernen.

Deshalb konnte ich, als wir dort in diesem toten Raum standen und schauten, wie der Mechanismus dich in den Ofen schob, nicht aufhören, an die Fabrik zu denken. Es war spätabends und kalt. Wie bei der zweiten oder dritten Schicht, wenn die Halle, die Maschinen und die Menschen, die an ihnen arbeiteten, unwirklicher wurden. Die Dunkelheit schien die Laute zu dämpfen. Es war, als würden das Donnern des Metalls, das Klappern des Blechs, die Schläge, das schrille Pfeifen der Stahl schneidenden Klinge leiser, als würde das Echo sie wegreißen und in der Unendlichkeit der Nacht zerstäuben.

So wie die Flammen und die Luft dich in den schwarzen Himmel trugen. Später, als wir draußen waren, konnte ich den Blick nicht von dem säurebeständigen Schornstein aus Chromstahl wenden. Als hielte ich Ausschau nach dir. Als wollte ich deinen Geist sehen. Ich überlegte, ob sie dort Filter eingebaut hatten, damit die Toten nicht in die Atmosphäre gelangen und sich nicht in der Gegend absetzen können.

Die Wiatraczna. Der Geruch von Brot, der spät in der Nacht aus der Bäckerei aufstieg. Das rote Backsteingebäude mit dem Schornstein sah etwas angeschlagen oder auch nicht ganz fertiggestellt aus. Aber es lebte, es war warm dort, und am Morgen roch es nach heißer, brauner Brotrinde. Man klopfte ans Fenster, und die jungen Frauen von der Nachtschicht brachten Brötchen. Sie waren so heiß, dass man sie mit bloßen Händen nicht halten konnte, und brannten noch durch die Taschen der Kleidung. Die Mädels von der Bäckerei wollten nie Geld. Der Laden in der Kobielska machte um sechs auf, aber die Milch stand schon vor fünf in den Kisten. Der Himmel auf Erden. Die Brötchen brannten, die Milch war kalt. Jacek sagte einmal: Grochów ist wie Brooklyn. Wenn man an der Bushaltestelle Richtung Praga stand, an der Baracke mit den Cremewaffeln und dem kleinen Café, und gleichzeitig auf die Grochowska und die Waszyngtona schaute, war es wirklich so. Es war wie Brooklyn, wie die Bronx. Wie all die Orte, von denen aus am Horizont die echte Stadt zu sehen ist. Die Waszyngtona war schnurgerade, und in der Ferne, jenseits des Flusses, konnte man die Hochhäuser der Innenstadt erkennen. Und hier alles flach und Waffelröhrchen mit Creme gefüllt, aus einer Aluminiummaschine, zuerst noch mit einer Kurbel, später elektrisch. Brooklyn und die Bronx. Krypska, Korytnicka, Kutnowska, Komorska, Kawcza.

Im Morgengrauen verließen wir das Haus und gingen zur Haltestelle in der Garwolińska. Wahrscheinlich war es Herbst. Die Zigaretten waren feucht vom Nebel. Überall dunkel. Links, an der Szaserów, stand ein riesiger Würfel Dunkelheit. Man ging dort entlang mit dem Gefühl, dass man mit dem eigenen Körper leuchten musste. Bis zur Prochowa, bis zur Nizinna. Aber dieses Mal, das ich jetzt zu beschreiben oder zu erfinden versuche, warteten wir auf den 102-er.

Er fuhr in Olszynka los, also kam er fast leer an. Die Sitze aus rotem Skai hatten etwas Lüsternes. Für einen Stadtbus waren sie zu weich, zu empfindlich. Wie Möbel in einer Wohnung. In Kombination mit der Kargheit der Zeit, der Landschaft draußen und der Kälte des Herbstes verwandelte sich die provozierende Bequemlichkeit unmerklich in eine sinnliche Perversion. Man berührte die Polster wie einen warmen Körper. Das Rot war dunkel wie leicht verdünnter Wein. Der Motor ließ ein tiefes, gleichsam feuchtes Gluckern vernehmen. Es war ein sehr eigentümlicher Laut für einen Diesel und einen Motor überhaupt. Irgendwie unterseeisch, walfischartig. Die Busse trugen den Namen Berliet und waren französischer Herkunft. Wir fuhren in die Innenstadt auf ein Bier. Ans andere Ufer des Flusses, eine gute halbe Stunde, um im »Okrąglak«, dem Rundbau an der Ecke Plater und Świętokrzyska, einen Krug Bier zu trinken. Nicht ausgeschlossen, dass Winter war und sie es warm servierten. Die Frau zapfte die Hälfte aus dem Hahn, den Rest gab sie aus einem großen Aluminiumkessel dazu, der auf einer elektrischen Platte stand. Der heiße Teil enthielt Zucker, Zimt und Nelken. In der Kneipe stand man. Tische gab es nicht. Die Männer passten gar nicht alle hinein, es war zu wenig Platz. Viele standen draußen zwischen blattlosen Sträuchern. Überhaupt sah es aus, als wäre das Ganze eine Art öffentliche Toilette, erbaut zusammen mit dem Kulturpalast, sogar der Sandstein war der gleiche, und das Gebäude ähnelte im Stil dem stalinistischen Koloss, in dessen Schatten es sich duckte. Das Bier war trüb vom Zimt und wurde sofort kalt. Aber wir fuhren dorthin, um unter Menschen zu sein. Unter diesen Typen mit den grauen Jacken und Mänteln. Zu ihnen zog es uns. Wahrscheinlich fanden wir, dass sie das wirkliche Leben lebten, wenngleich wir das nie aussprachen. Ein Leben, das wir um nichts in der Welt führen wollten, von dem wir uns aber auch nicht ganz lossagen konnten. Wir waren Abtrünnige. Und kehrten immer wieder zu unseren Vätern zurück. Neben den Palast des Proletariats, dessen Schatten alles ringsum bedeckte wie schwarzes Eis. Nicht nur über der Szaserów hing Dunkelheit. Sie erfüllte die ganze Stadt. Überall halblebiges gelbliches oder graues Licht. Wir leuchteten uns gegenseitig. Im 102-er, im Rundbau, in der 21 nach Żerań, in der Drei nach Gocławek, wenn wir sehen wollten, wie die Stadt verklingt, demütig und einstöckig wird und den Horizont freigibt. Dann bleibt sie zurück, verschwindet, und es erscheint zum Beispiel der Tag – von dem ich gern wüsste, wo er letztendlich geblieben ist –, als wir im letzten Waggon fuhren, an der offenen Tür, und der Zigarettenrauch sich mit dem Geruch der erhitzten Schwellen mischte. Ist dir jemals in den Sinn gekommen, dass du sterben wirst? Oder dass ich sterben werde? Dass wir irgendwann zusehen werden, wie sie den anderen vergraben oder in den Ofen schieben? Dass wir nur noch das für den anderen werden tun können? Nur zusehen? Zagórz, Morochów, Szczawne oder Kulaszne, Rzepedź, Komańcza. Hinter Rzepedź überqueren die Gleise die Osława. Im Schatten des Steilhangs erhebt sich eine genietete Stahlbrücke. Dieser Ort kehrt aus irgendwelchen Gründen in meinen Träumen wieder. Ich weiß nicht, warum. Es ist einfach so. Als wir in jenem Sommer, im Juli, nach Süden fuhren, langsam, ohne Ziel, die Lust spürend, die die Berührung der Welt auf der Haut erzeugt, hallte das Geräusch der Brücke als Echo am Steilhang wider. Dieses Geräusch muss uns Freude gemacht haben. Vielleicht haben wir uns sogar angesehen und versucht, unsere Gefühle zu verbergen? War er damals schon da? Stand er hinter uns in diesem versifften Gang und zählte mit dem knöchernen Finger ab? Ene mene muh, und raus bist du? Ich weiß nicht. Vielleicht war er noch nicht da. Schließlich sind wir nicht von Anfang an sterblich. Damals waren wir es jedenfalls nicht. Und dann noch viele Jahre nicht. Zu diesen Jahren kehre ich jetzt zurück. Oder kommen sie auf mich zu? Mitten am Tag, mitten in einer Tätigkeit. Jene Tage. Als uns nichts passieren konnte.

Im vorigen Sommer fuhren wir Richtung Przemyśl. In Bircza bog ich rechts ab, weil ich ihm Arłamów zeigen wollte. Auf dem Weg lagen umgesiedelte ukrainische Dörfer. Jamna Górna, Jamna Dolna. Auf dem Grund des flachen Tals floss ein Bach. Wo einst Häuser waren, standen sechzigjährige Bäume. Wir hielten an, um uns umzusehen. Er wirkte ein bisschen verloren. Er trippelte herum, ging dann wieder schneller, hierhin, dorthin, gebeugt, als suchte er etwas. Als wären wir hierhergekommen, um einen Gegenstand wiederzufinden, der ihm abhandengekommen war. Das Gespräch brach ab. Ich sah ihm zu, wie er zwischen den Bäumen hin und her ging. Ich kenne ihn so wenig, dachte ich. Ich beschwöre alte Bilder, ohne ihn nach seiner Meinung zu fragen. Weil es bequemer ist. Weil ich ihn nicht einholen, ihn nicht begleiten will. Ich sah ihm zu, wie er herumtrippelte, und wunderte mich, wie alt er war, obwohl er doch immer noch der Junge von 1977 war, von 1983, von 1991 oder 1992, als er mit einem vier Jahre alten roten Escort zu uns kam. Die ganze Zeit hatte ich das Gesicht von damals vor mir gesehen, unverändert all die Jahre, und erst jetzt, da uns das Schweigen trennte, legte die Zeit plötzlich los und beschleunigte wie ein Film, den man vorspult. Wir fuhren weiter und warfen nur einen flüchtigen Blick auf das armselige Arłamów, wo die Leute sechshundert Zloty für eine Nacht zahlten, um in den Betten zu schlafen, in denen Tito und Ceaușescu gelegen hatten. Ein Stück weiter war Kalwaria Pacławska, man musste es nur durchqueren und an der Kirche vorbeifahren, um auf einem Feldweg zu der Stelle zu gelangen, wo sich ein großartiger, weiter Blick auf die Ukraine bot. Von der Anhöhe aus konnte man bei gutem Wetter Dutzende von Kilometern weit sehen. Aber ich tat es nicht.

Ich sah, dass er müde war. Dass er ab und zu einschlief, dann wieder vor sich hinstarrte, durch die Landschaft hindurch, durch die Hügel hindurch, die langen bewaldeten Bergrücken, die sich in gezackter Linie vom Himmel abhoben. Ich fragte ihn erst gar nicht, ob er auch fahren wolle. Nach dem roten Escort hatte er einen schlanken Capri gehabt. Er war grün gewesen und uralt, aber bei seinem Anblick wurde mir immer warm ums Herz. Ein armer Verwandter des Mustangs. Er hatte ihn mit einem V6 gekauft, der ihm bald um die Ohren flog, also baute er einen einfachen Reihenvierzylinder ein, wahrscheinlich einen 1600-er. Der Capri hatte jetzt eine Beschleunigung wie der polnische Fiat vor dreißig Jahren, aber immerhin verbrauchte er keine fünfzehn Liter. Man saß tief, und die Motorhaube war lang wie das Deck eines Tankers. Er bastelte endlos an ihm herum. Traurig schaute er zu, wie die Korrosion auf die Schwellen kroch und die unteren Ränder der Türen erfasste. Er putzte, schliff, besserte aus. Das Innere war bescheiden und abgenutzt. Die Polsterung schon lange verblasst, unter den Resten der Gummibeschläge an den Pedalen blitzte das glatte Metall durch. Doch nie zuvor und nie danach hat er ein so schönes Auto gehabt. Ich auch nicht. Er döste also hin und wieder, und ich entschied, dass wir nur nach Krasiczyn fahren, zum Essen, und dann wieder zurück. Das Schloss war weiß, wie aus Puderzucker. Man konnte kaum hinschauen in der Sommersonne. Aber im Park war es schattig, und vom Teich kam schwüle, feuchte Luft. Die Perle der Renaissance. Eine Spitzenattika, ein Sgraffito, wie ein verrückter Scherenschnitt, auf dieses Weiß geklebt. Alles neu, wie geschleckt, aufgemotzt, besser als das Original, so blendend, dass die Augen tränten. Wir betraten den Hof, da konnte man nur auf die Knie fallen. Zum ersten Mal war ich 1975 hier gewesen. Auf der nackten Erde hatte Schutt gelegen, Sandhaufen türmten sich, aus der Küche im Parterre wehte der Geruch von Gebratenem und hielt sich den ganzen Nachmittag im Geviert des Hofes. Das Schloss hatte zu der Fabrik unserer Väter gehört, man schickte uns hierher in Ferien. In den nackten Zimmern standen Eisenbetten. Im Flur war ein einziges, ewig verschissenes Bad. Gleich hinter dem Zaun des Parks floss der San. Wir lagen tagelang auf den heißen Steinen. Am Abend huschten wir in den Dorfladen und kauften Obstwein. Als es dunkel war, tranken wir bis zur Bewusstlosigkeit. Wie echte Kinder des Proletariats. In einem heruntergekommenen Magnatenschloss. In den Ecken des englischen Parks kotzten wir. Aber ihn kannte ich damals noch nicht. Jetzt saßen wir in dem leeren, nichtssagenden Schlossrestaurant. Er aß langsam, mit einer Hand, leicht zur Seite geneigt. Ich redete. Erzählte alte Geschichten. Aus der Zeit vor unserer Bekanntschaft, ich wunderte mich selbst ein bisschen, dass es die überhaupt gab. Er kniff die Augen zusammen und schluckte langsam. Schwer zu sagen, ob es angenehm oder anstrengend für ihn war. Ich erzählte von den Ferien 1975. Im Herbst sollte ich in die Fabrikschule gehen und ihn kennenlernen, als er in seiner Cordjacke an der Tür stand. Noch im selben Jahr zeigten sie uns in der Schule, die einen eigenen Kinosaal besaß, *The Panic in Needle Park* von Jerry Schatzberg mit dem jungen Al Pacino. Sie taten es sicher aus didaktischen Gründen. Doch wir waren neidisch auf die Junkies, weil sie in New York fixten. Der ausgemergelte und ewig frierende Al Pacino trieb sich zwischen der Park Avenue und dem Broadway herum. Dort schlug das Herz der Welt. Ich glaube, wir wollten damals Junkies in Manhattan sein. Beinahe wären wir Junkies in Grochów geworden. Am Abend gingen wir in sein Zimmer. Es war Teil eines größeren Raums, durch eine schalldichte Platte abgetrennt. So eine, wie es sie früher in Rundfunkstudios gab. In dem Zimmer war eine Matratze, ein Schränkchen, ein Plattenspieler und Platten. Ich habe keine Ahnung, woher er damals *Highway 61* hatte. Ein dunkelblaues, glänzendes Cover. Seine Eltern sahen fern hinter der Wand. Sie waren in Ordnung, machten nie dumme Bemerkungen. Auch nicht, wenn wir gegen Morgen heimkamen. Wir schlichen uns zur Matratze und schliefen in Kleidern ein. Manchmal, wenn es noch nicht so spät war, spielte er. An seine erste Gitarre kann ich mich nicht erinnern. Wir redeten ständig von einer Ibanez oder Martin, aber sicher hatte er eine polnische, danach vielleicht diese russische und später eine tschechische Cremona. Durch die Glastür und die Pappwand hörte man den Fernseher, und er sang *Tomorrow Is a Long Time*. Sonntagvormittags machte er Rührei. Wir aßen und schauten aus dem Fenster. Die Häuser aus grauen Zementziegeln standen im Geviert. Der Hof war grün, zugewachsen wie ein Dorfgarten. Die Leute gingen an die Sonne. Blasse Männer, mollige Frauen. In der Wärme, im Licht saßen sie auf Bänken und blinzelten. Die Kinder hatten einen Sandkasten. Die Geräusche der Großstadt drangen nicht hierher, nur die Laute des gewöhnlichen menschlichen Lebens. Bisweilen, hauptsächlich nachts, hörte man Züge. Dann nahm er die Gitarre, spielte mit einem Finger und sang flüsternd *Midnight Special.* Die Version von Big Bill Broonzy, die Version von Leadbelly, die Version von Sonny Terry und Brownie McGhee, mit einem Finger, flüsternd. Am Morgen sahen wir aus dem Fenster und betrachteten die bleichen Typen und dicken Frauen aus den stickigen, von Essensgeruch und dem Gestank im Flur stehender Schuhe durchtränkten Wohnungen. Solange er lebte, suchte er nach einer Möglichkeit, sein Lied über sie zu schreiben, mit seiner Stimme drei Strophen über ihr Leben zu singen. Über das Leben unserer Väter und Mütter. Weil wir Verräter waren, aber niemals unsere Erinnerung verloren haben.

Heute schalte ich Google Earth ein und schaue mir diese Gegend an. Haus für Haus, Baum für Baum, Schritt für Schritt. Ich gehe auf

YouTube und finde die ganzen Lieder. Damals wussten wir nicht einmal, wie Leadbelly aussah. Wir wussten fast nichts. Wir mussten uns alles vorstellen. Woody Guthrie, die Transsibirische Eisenbahn, das eigene Leben.

Am späten Nachmittag fuhren wir zurück. Er schwebte zwischen Schlaf und Wachen. Hin und wieder fragte er, wo wir sind. Bircza, Tyrawa, Sanok. Beruhigt nickte er und schloss die Augen. Es war Juli, Heuernte. Auf den Wiesen lagen gepresste Heuballen. Noch ein paar Jahre zuvor hatten überall schlanke Heuhaufen mit Leitern gestanden, wenn wir durch Pogórze fuhren. Wenn die Sonne sank, warfen die Heuhaufen lange dunkelgrüne Schatten. Alle zeigten in dieselbe Richtung, eine schöne und unwirkliche Geometrie in der gewellten, ungleichmäßigen Landschaft. Jetzt gab es die Heuhaufen nicht mehr. Zarszyn, Besko. In Rymanów bog ich nach Süden ab, um über Daliowa, Tylawa und Dukla die Straße Nr. 993 zu erreichen. Gleich hinter Łysa Góra eröffnet sich in nordwestlicher Richtung ein überwältigender, unbegrenzter Blick. Die Erde fällt sanft ab, die Beskiden werden flacher und erlauben der Luft endlich, sich auszudehnen. Bei Sonnenuntergang verwandeln sich die violetten, roten und goldenen Streifen, zuerst horizontal und deutlich am Rande des Bildes, in lichten Staub, der sich auf die Ebene legt, auf Żmigród, auf Jasło, auf diese Welt, die unten schon dunkelt, zu Asche und Schatten wird. Die riesige Mulde voller Glut und erkaltender Kohle schließt der Liwocz ab. Sein langer dunkelblauer Rücken schützt den Kessel vor den Winden, damit alles ruhig und unausweichlich verbrennen kann. So ist es hier immer. Auch diesmal war es so. Ich wollte wie gewöhnlich am Seitenstreifen anhalten, aber ich hatte Angst, ich könnte ihn wecken. Also fuhr ich nur langsamer und schaute nach rechts. Er schlief mit zurückgelegtem Kopf. Sein Mund war leicht geöffnet. Ich sah, wie sein dunkles Profil am glühenden Himmel vorbeizog. Schließlich blendete mich das Licht und verschlang die schmächtige Gestalt.

Er fehlt mir. Nicht einmal, weil er tot ist. Daran kann man sich gewöhnen. Man denkt eben ein wenig anders an das Leben von jemandem, wenn es vollendet ist. Man muss sich daran gewöhnen, dass sich nichts mehr ändert und man nur noch die Vergangenheit haben wird. Aber mir fehlt der Ort, an dem er ist. Nicht dass ich sofort sein Grab besuchen wollte. Jedenfalls nicht unbedingt. Aber ich würde gern wissen, dass er in materieller Form irgendwo existiert. Dass er an einem bestimmten Ort anderthalb Meter unter der Erde liegt, den er nicht mehr wechselt. Dass irgendwo Beweise für seine Existenz und für die Existenz all dessen liegen, was das Gedächtnis bewahrt. Oder genügt die Erinnerung sich vielleicht selbst? Manchmal fehlt mir also dieser Ort. Geradeheraus gesagt, seine Überreste fehlen mir, wenn das auch makaber klingen mag. Der Beweis, dass wir wirklich gelebt haben, oder nicht?

Was ist dir da überhaupt in den Sinn gekommen, dich verbrennen zu lassen? Dass es schön ist, wenn nichts bleibt und nur der Geist in den unendlichen Raum aufsteigt? Dass du deinen ausgemergelten Körper nicht der Zersetzung überlassen willst, dem langsamen Eindringen in die Erde? Das Skelett dagegen würde ewig leben. Und würde Gedanken anziehen, die Erinnerung beleben. Schließlich sind wir immer noch Wilde und brauchen Totems, brauchen Fetische. Der Gedanke muss etwas berühren. Ich muss über etwas weinen können, über etwas Konkretes, nicht nur über meine Erinnerungen. Der Überlebende sollte die Möglichkeit haben, auf der Erde zu stehen, unter der der Verstorbene liegt. Er sollte wissen dürfen, dass der andere dort ist. Dass die Gebeine des Toten über das Leben des Überlebenden wachen. Anderthalb Meter unter der Erde. Er sollte auf diese Stelle seinen Fuß setzen und Kraft daraus schöpfen können. So denke ich manchmal. Sohn eines Volkes, das seine Toten einst unter der Türschwelle begrub. Um sie für immer bei sich zu haben. Damit das Leben ununterbrochen weitergeht. So denke ich manchmal, wenn du mir fehlst. Wenn ich mich ein bisschen einsam fühle. Das soll kein Vorwurf sein. Ich sag es dir nur. Weißt du, wie schrecklich Wólka Węglowa in einer Winternacht ist? Wie leer, dunkel und eisig? Als du durch den Schornstein aus säurebeständigem Stahl davongeflogen warst, als du dich verflüchtigt hattest, als wärst du nie gewesen, waren wir allein. In der Ferne dröhnte die schwarze Stadt – dieses mechanische und zugleich körperliche Brummen, als würde ein gigantisches Vieh einen gnadenlosen Traum träumen, der Wirklichkeit wird. Sicher hattest du keine Ahnung, dass wir die Hälfte dessen, was von dir übrigblieb, ein paar Tage später illegal den Totengräbern würden abkaufen müssen. Weil du staatliches Eigentum geworden warst. In einer Ecke, hinter dem Grabstein, füllten sie das Pulver ab, als würden sie dealen. Nichts kann man bis zum Schluss voraussehen. In ihren Traueruniformen sahen sie aus wie geflohene Zirkusartisten, mit diesen sphinxhaften Mienen, mit diesen Gesichtern, in denen der vergangene Tag geschrieben steht, und eine resignierte Weisheit. Ganz wie die Jungs aus Grochów. Wie die aus dem Osiedlanka, dem Zagłoba, dem Grochowski. Wie die Typen in der Makowska nach Feierabend. Wie die Jungs, die zwei vor sechs am Tor zur Stanzerei, zur Direktion, zur Schweißerei die Karten in die Stechuhr schieben. Wie unsere Väter aussahen, bevor sie endgültig alt wurden. Nichts kannst du bis zum Schluss vorhersehen, und du weißt nicht, wer dich über den Styx fährt. Die Jungs aus Grochów, die für einen Hunderter die Hälfte deines Körpers abfüllen. So sieht's aus.

Nach drei Monaten haben wir ihn in den Bergen verstreut. An der Stelle mit dem weiten Blick nach Südosten, mit dem dunkelgrünen Gipfel des Węgierzec. Wir verstreuten ihn in der Landschaft, die er liebte. So hatte er es gewollt. Dass der Wind ihn in der Welt verwehte, in diesem Tal. Es war Ostern, die Sonne kalt, und der Wind wehte tatsächlich. Für den Bruchteil einer Sekunde war er noch sichtbar, dann verschwand er für immer, unauffindbar. Ein bisschen fiel mir ins Auge, aber die Träne spülte den Staub sofort weg.

Inhalt